Alexander Korell

A.L.I.E.N.S.

WORLD WAR II

BAND 2: »BLUTERNTE IN PREUSSEN«

EK-2 MILITÄR

Ihre Zufriedenheit ist unser Ziel!

Liebe Leser, liebe Leserinnen,

zunächst möchten wir uns herzlich bei Ihnen dafür bedanken, dass Sie dieses Buch erworben haben. Wir sind ein kleines Familienunternehmen aus Duisburg und freuen uns riesig über jeden einzelnen Verkauf!

Mit unserem Label EK-2 Militär möchten wir militärische und militärgeschichtliche Themen sichtbarer machen und Leserinnen und Leser begeistern.

Vor allem aber möchten wir, dass jedes unserer Bücher Ihnen ein einzigartiges und erfreuliches Leseerlebnis bietet. Daher liegt uns Ihre Meinung ganz besonders am Herzen!

Wir freuen uns über Ihr Feedback zu unserem Buch. Haben Sie Anmerkungen? Kritik? Bitte lassen Sie es uns wissen. Ihre Rückmeldung ist wertvoll für uns, damit wir in Zukunft noch bessere Bücher für Sie machen können.

Schreiben Sie uns: info@ek2-publishing.com

Nun wünschen wir Ihnen ein angenehmes Leseerlebnis!

Moni & Jill von EK-2 Publishing

WAS BISHER GESCHAH:

Nachdem die Sommeroffensive der Wehrmacht in der Sowjetunion unter dem Decknamen »Fall Blau« am 28. Juni 1942 beginnt und in den darauffolgenden Monaten ins Stocken kommt, wird die Situation an der Ostfront immer prekärer. Insbesondere in Stalingrad. In der Stadt, die den Namen von Josef Wissarionowitsch Stalins trägt, dem »Stählernen«, dem Vorsitzenden des Rates der Volkskommissare, Staatsführer der Sowjetunion und Intimfeind Adolf Hitlers, des Führers des Deutschen Reiches und Oberbefehlshabers der Wehrmacht, entscheidet sich nicht nur das Schicksal der Deutschen, sondern auch der Russen. Allerdings ganz anderes, als herkömmlich bekannt.

In der Tat kesseln starke gegnerische Verbände, wie etwa die 62. sowjetische Armee unter Generaloberst Georgi Schukow die 6. Armee unter dem Oberbefehl von Generaloberst Friedrich Paulus in der Industriestadt an der Wolga im November und Dezember 1942 ein. Die Folge davon ist, dass dort die deutschen Einheiten unter Nachschub- und Versorgungsproblemen, fehlender Winterkleidung, Munition, Betriebsstoff, Hunger und Krankheiten sowie den Witterungsbedingungen mit Temperaturen unter minus dreißig Grad Celsius leiden.

Die Lage ist auch militärisch aussichtslos. Der arg gerupften 6. Armee mit einer Kampfkraft von gerade noch 230.000 Mann, stehen über eine Million Rotarmisten gegenüber.

Zu den Landsern, die weiterhin die Stellung halten, gehören mitunter Schütze Maximilian Steiner und sein Freund aus Jugendtagen, Julius Hedrich vom Infanterieregiment 534, 384. Infanteriedivision, VIII. Armeekorps der 6. Armee.

Derweil beabsichtigt Generalfeldmarschall Erich von Manstein, Oberbefehlshaber der neu geschaffenen Heeresgruppe Don, am 27. November 1942 mit der 4. Panzerarmee von Generaloberst Walter Hoth eine Entsatzoperation mit dem Tarnnamen »Wintergewitter« zu starten. Dabei soll in der Südostfront östlich des Dons eine Schneise durch die sowjetischen Einschließungskräfte geschlagen werden, um die Verbindung zur 6. Armee herzustellen. Und das mit dem Ziel, den Kessel zu sprengen, um nach Süden auszubrechen. Allerdings scheitert der seit dem 2. Dezember 1942 unter dem Stichwort »Donnerschlag« geplante Ausbruch der 6. Armee an der starken Gegenwehr der Sowjets. Zudem leiten die Russen die Großoffen-

sive »Operation Saturn« ein, durch die der gesamte Südflügel der deutschen Ostfront gefährdet wird.

Inmitten dieser dramatischen Wochen und Tage ereignet sich sprichwörtlich aus heiterem Himmel etwas Unfassbares, etwas geradezu Historisches in der östlichen Hemisphäre, zu der ein Großteil Europas und Asien zählt: Überall am Firmament tauchen unbekannte Flugobjekte auf! Die fremden Gebilde erscheinen jedoch nicht nur über den Heimatländern der Kriegsteilnehmer, sondern ebenso über den besetzten Gebieten und selbst über den jeweiligen Kolonien.

Kein Politiker, kein Militär und auch kein Astronom kann erklären, was da wirklich aus den Tiefen des Alls aufgetaucht ist. Jedenfalls formieren sich diese seltsamen Objekte der »Fulguren«, wie die fremden Eindringlinge in Anlehnung an das lateinische Wort für »Blitz« genannt werden, in militärischen Ordnungen.

Die Drähte zwischen den europäischen Hauptstädten laufen heiß, zwischen Kriegsteilnehmern, zwischen Feind aber auch Freund und Verbündeten. Überall wird von höchster Stelle versichert, nichts mit der unbekannten Raumflotte zu tun zu haben.

Währenddessen versuchen die militärischen Hauptquartiere, Funkkontakt zu den Raumschiffen herzustellen, um etwas über deren Besatzungen herauszufinden. Allerdings ohne Erfolg.

Schnell wird klar, dass die Fremden, die wegen ihres Aussehens zudem auch »Greys« genannt werden, keineswegs in Frieden gekommen sind. Vielmehr entpuppen sie sich als die schlimmsten Kriegsagitatoren, die die Welt je gesehen hat.

Urplötzlich bricht apokalyptisches Chaos herein, das die Erde für immer nachhaltig verändern wird. Das Unheil, das die Menschheit dabei heimsucht, ist noch fürchterlicher und folgenschwerer als die bisherigen Auswirkungen des Zweiten Weltkriegs.

Auch Stalingrad ist von der Attacke aus dem All betroffen. Die Fremden zerstören große Teile der Stadt, die ohnehin schon durch die Kämpfe der Menschen zu einer Ruine geworden ist, greifen sowjetische und deutsche Verbände an. Dabei werden mitunter die in und um Stalingrad stationierten Jagdgeschwader der Roten Luftflotte vernichtet. Ebenso die wenigen deutschen Focke-Wulf, die sich noch in der Region aufhalten, um den Luftkampf des Erzfeindes gegen die außerirdischen Invasoren zu unterstützen. Angesichts der universalen Gefahr aus dem All werden sämtliche Kampfhandlungen zwischen Russen und Deutschen eingestellt.

Die Ausschaltung der gegnerischen Luftflotte und der Flugabwehr dient den Fulguren dazu, den Weg für ihre Bodentruppen zu ebnen. So marschieren zwei riesige Armeen, bestehend aus je einer Million Grey-Sturmtruppen, in einer Zangenbewegung auf Stalingrad zu.

Zwischenzeitlich gibt das OKW, das Oberkommandos der Wehrmacht auf Anordnung des Obersten Befehlshabers der Wehrmacht und Reichsführer Adolf Hitler, einen sofortigen generellen Rückzugsbefehl an die Führungsstäbe des Ostheeres aus. Grund dafür ist, dass auch das Deutsche Reich von den Außerirdischen angegriffen wird. Über Berlin hat sich die fremde Flotte massiert, um die Reichshauptstadt einzunehmen. Deshalb werden alle noch verfügbaren Truppenverbände zurückgezogen, um die Heimat in dieser elementaren Abwehrschlacht zu unterstützen. Dementsprechend agieren die Heeresgruppen der deutschen Angriffsfront, die in die Operationsbereiche Nord, Mitte, A, B und Don aufgeteilt sind. Generalfeldmarschall Georg von Küchler kommandiert die Heeresgruppe Nord, deren ursprüngliche Aufgabe es war, von Ostpreußen aus durch die baltischen Staaten auf Leningrad vorzustoßen. Die Heeresgruppe Mitte führt Generalfeldmarschall Fedor von Bock an, deren Schwerpunkt die deutschen Angriffskräfte gegen die Sowjetunion obliegt, die entlang der Linie Warschau – Moskau gegen Minsk und Smolensk marschiert. Generalfeldmarschall Gerd von Rundstedt befehligt die Heeresgruppe Süd, die allerdings für die Sommeroffensive des Jahres 1942 in die Heeresgruppen A und B aufgeteilt wird. Die ursprüngliche Heeresgruppe Süd hatte die Aufgabe, die sowjetischen Kräfte in Galizien und in der Westukraine westlich des Dnjepr zu vernichten und deren Übergänge bei und unterhalb Kiews frühzeitig in die Hand zu nehmen. Hinzu kommt die neugegründete Heeresgruppe Don unter Generalfeldmarschall Erich von Manstein, zu der auch die 6. Armee gehört, die die sowjetische Offensive zum Stehen bringen soll.

Nun aber hat sich die Lage elementar verändert. Die Heeresgruppen ziehen allesamt von der Ostfront ab. Nach Absprache zwischen Generaloberst Paulus und seinem sowjetischen Pendant Generaloberst Schukow kann die 6. Armee den Kessel von Stalingrad verlassen, um sich mit den anderen Heeresverbänden ins Heimatland zurückzuziehen. Im Gegenzug sollen die Deutschen einheimische Zivilisten evakuieren, die aus der Stadt nach Westen fliehen wollen und zudem sollen Kriegsgefangene freigelassen und ausgetauscht werden. Genauso kommt es auch.

Max Steiner und Julius Hedrich gehören zu jenem Regiment, das eine dieser Rückzugskolonnen begleitet. Darunter befinden sich unter anderem die Russin Anastasia Dubjanskaja, für die Max zarte Gefühle hegt, und ihr Bruder Sergej.

Am 27. Dezember 1942 zieht eine Kolonne aus Menschen, Fahrzeugen und Pferden, mit denen die über 200.000 Soldaten der 6. Armee sowie Zivilisten transportiert werden, aus dem Stalingrader Kessel ab. Doch schon kurz darauf werden sie von einer starken Fulgureneinheit angegriffen. Nur dem Umstand, dass während des Rückzugsgefechts der 6. Armee die Restverbände der Heeresgruppe Don zu ihr stößt, ist es zu verdanken, dass die Wehrmacht die Schlacht für sich entscheiden kann. Allerdings wird dabei der Flüchtlings-LKW mit Steiner, Hedrich und einigen Zivilisten von ihrer Einheit getrennt. Fortan müssen sie sich alleine durchschlagen, um das Etappenziel zu erreichen, zu dem die 6. Armee ebenfalls unterwegs ist: Dnepropetrowsk. Denn dort am Dnjepr in der Westukraine wartet Generalfeldmarschall Ewald von Kleists Heeresgruppe B. Indes bewegt sich im Mittelabschnitt der ehemaligen Ostfront die Heeresgruppe Mitte unter Generalfeldmarschall Günther von Kluge zurück. Und von Leningrad aus marschiert Generalfeldmarschall Georg von Küchler mit der Heeresgruppe Nord nach Süden, um sich in Minsk mit den anderen zu treffen. Durch diese Zusammenführung soll ein gigantisches Konglomerat der Restverbände der verschiedenen Heeresgruppen unter dem Oberbefehl von Generalfeldmarschall Erich von Manstein entstehen. Das vereinte Heer soll dann von Minsk nach Ostpreußen, Danzig und schließlich südwestlich nach Berlin marschieren und dabei möglichst viele Vertriebene aufnehmen, die vor den Angriffen der Fulguren fliehen.

Bei einer nächtlichen Rast werden von Steiners Gruppe zwei Mädchen und zwei Jungen von den Außerirdischen entführt. Niemand ahnt zu diesem Zeitpunkt, dass die Kinder in Gulags inhaftiert werden, in denen ihnen Unmenschliches angetan wird. Allerdings entdecken Steiner und seine Kameraden in einem Dorf Schreckliches: Beinahe sämtliche Einwohner wurden von den Greys in einer Kirche zusammengetrieben und barbarisch exekutiert.

Auch Generaloberst Friedrich Paulus und sein Adjutant Generalmajor Claus von Lüttwitz werden von den Außerirdischen gekidnappt, auf eines ihrer Raumschiffe gebracht und dort brutal gefoltert und verhört. Dabei stirbt Paulus. Lüttwitz hingegen wird mit einem Gehirnimplantat versehen, mit dem er »gesteuert« werden kann. Mit

Gedächtnisverlust über den Aufenthalt auf dem Raumschiff wird er wieder zu seiner Truppe auf die Erde geschickt.

In einem Abschnitt zwischen Woroschilowgrad und Artjomowsk kommt es zu einer gigantischen Schlacht zwischen einem Fulguren-Großverband und der Roten Armee, die letztlich in einem Patt endet. Steiners Gruppe befindet sich plötzlich mittendrin, kann sich jedoch absetzen, um weiter Richtung Dnepropetrowsk zu fahren. Auf ihrem Weg dorthin treffen sie schließlich wieder auf die Reste der 6. Armee, die sich mit der Heeresgruppe Don vereinigt hat.

Dementsprechend sind an allen Frontabschnitten im Osten die deutschen Verbände auf dem Rückzug. Und das, ohne das die Sowjets eine neue Offensive gegen sie gestartet hätten, haben sie doch ganz andere Sorgen und Probleme. Denn nun verteidigen sie sich nicht mehr gegen die Wehrmacht, sondern gegen die Außerirdischen.

Unterdes marschieren rund 1,6 Millionen Fulguren auf Stalingrad zu, die hartnäckig von den Sowjets gehalten wird. Allerdings ist die Übermacht letztlich zu groß. Am 1. Januar 1943 fällt Stalins Stadt. Generaloberst Schukow richtet die eigene Waffe gegen sich, um nicht in die Hände der unbekannten Invasoren zu fallen.

Der Kampf gegen die Fulguren hat wahrlich globale Ausmaße angenommen. Jene Länder, die sich zuvor in dem furchtbarsten Krieg der Menschheitsgeschichte mit den Alliierten oder den Achsenmächten erbarmungslos abschlachteten, versuchen nun, die Invasion der Greys in ihrer Heimat abzuwehren. Und auch die Deutschen im Vaterland warten dringend darauf, dass die Reste des Ostheeres die kämpfenden Einheiten gegen die extraterrestrischen Invasoren verstärken.

Doch der Weg von Russland nach Berlin ist dornig und weit und führt zunächst nach Ostpreußen. Dort wartet das pure Grauen ...

LAGEBERICHT OSTFRONT, ANFANG FEBRUAR 1943:

Durch den Rückzug der deutschen Heeresgruppe Nord endete auch die am 8. September 1941 begonnene Blockade von Leningrad. Rund eine Million Zivilisten verloren dabei ihr Leben, verhungerten oder erfroren elendig oder wurden von dem beinahe ununterbrochenen Artilleriebeschuss in Stücke geschossen. Zurück blieb eine »tote« Stadt, mit hunderten von kilometerweiten Balkensperren, Stacheldrahtverhauen, Panzergräben, Erd-Holz-Stellungen, Stahlbeton-Artilleriestellungen und Schützengräben. Vor dem Angriff der Wehrmacht hatte der Leningrader Sowjet tausende Zivilisten zur Anlage von Befestigungen und Verteidigungsstellungen angewiesen und abgestellt.

Nach den Deutschen kamen die Fulguren, die weitaus schlimmer wüteten. Keiner hätte jemals gedacht, dass das Leid der Leningrader tatsächlich noch gesteigert werden könnte. Und doch war es so! Diejenigen Einwohner, die bislang unter größter Not überlebt hatten, wurden von den Greys aus der Luft oder vom Boden aus attackiert und getötet. Allerdings nur die Erwachsenen, die Kinder hingegen wurden verschleppt.

Selbst die verstärkten und aufgefrischten Verbände der Leningrader Front unter Leonid Alexandrowitsch Goworow, der Wolchow-Front unter Kirill Afanassjewitsch Merezkow sowie die 2. Baltische Front unter Armeegeneral Markian Mikhaylovich Popow konnten den eiligst errichteten Belagerungsring der Fulguren um Leningrad nicht sprengen. Ganz im Gegenteil wurden die sowjetischen Einheiten restlos zerrieben.

Danach zogen die Außerirdischen eine neue Frontlinie von Leningrad bis nach Stalingrad, eroberten dabei die, entweder aufgrund ihres Rückzugs nun nicht mehr von der Wehrmacht besetzten, oder von Russen verteidigten Städte. Darunter Smolensk, Brjansk, Kursk, Charkow, Rostow am Don und Sewastopol auf der Krim. Die Schlacht um Moskau hielt derweil noch an. Die Stoßtruppen der Fulguren bewegten sich weiter Richtung Kiew und im Süden nach Odessa.

Dabei bedienten sie sich der Kriegstaktik der »Verbrannten Erde«, zerstörten alles, was den gegnerischen Armeen in irgendeiner Weise nützlich sein konnte – Straßen, Brücken, Gleise, Vorratsdepots, Fabriken. Kurzum, die gesamte Infrastruktur, sodass ein eventuelles Nachrücken erheblich erschwert wurde.

Die dort noch stehenden sowjetischen Einheiten waren lediglich als Postenketten auf die weit ausgedehnte Frontlinie verteilt. Hinzu kam, dass es aufgrund der in ganz Russland erbittertet geführten Kämpfe, nur geringe taktische, oder strategische Reserven im rückwärtigen Raum gab, die schnell an die Brennpunkte gebracht werden konnten.

Die meisten Divisionen hatten sich um Moskau zusammengezogen. Allerdings tat der Oberste Sowjet alles, um weitere Kräfte, überwiegend aus Sibirien zu mobilisieren und den im Abwehrkampf abgenutzten Einheiten zuzuführen.

Die Lage bei der Wehrmacht sah auch nicht viel rosiger aus. Derweil hatten sich in Dnepropetrowsk die Heeresgruppen A und B mit der Heeresgruppe Mitte und der Heeresgruppe Don vereinigt, die danach ins weißrussische Minsk marschierten, um dort mit der aus Leningrad kommenden Heeresgruppe Nord zusammen zu treffen. Schließlich bildeten sie die neue Heeresgruppe Berlin unter dem Befehl von Generalfeldmarschall Erich von Manstein. So benannt, weil sie zur Rettung der Reichshauptstadt überhaupt erst von der Ostfront zurückgezogen worden war. Generalfeldmarschall Georg von Küchler, der einst die HG Nord angeführt hatte, Generalfeldmarschall Fedor von Bock die HG Mitte und die Befehlshaber der restlichen ehemaligen Heeresgruppen ordneten sich dem neuen Oberbefehlshaber unter. So wollte es Hitler und so wurde es umgesetzt.

Der Marsch nach Berlin über Ost- und Westpreußen wurde zu einem Wettlauf mit dem Feind, der jedoch längst schon verloren war. Denn die Fulguren besaßen einen beachtlichen Vorsprung, weil sie bereits im Nordwesten Russlands, genauer am Ostende des Finnischen Meerbusens, mit neuen Kräften Richtung Baltikum vordrangen. Dabei eroberten sie Tallinn in Estland, Helsinki in Finnland und Riga in Lettland, fegten die wenigen gegnerischen Verbände, die sich ihnen entgegenstellten regelrecht weg. Der Widerstand gegen die massiven Vorstöße der Fulguren wurde immer schwächer.

Damit lag der Weg nach Westen zu den östlichsten Gebieten des Deutschen Reiches offen – die vorgelagerte Provinz Ostpreußen mit ihrer Hauptstadt Königsberg, danach Danzig in Westpreußen, um weiter nach Berlin vorzudringen. Denn dort hatten die außerirdischen Raumschiffflotten von der Luft aus die Invasion auf Deutschland begonnen, stießen jedoch auf hartnäckige Gegenwehr.

Die Fulguren-Verbände, die aus dem Osten kamen, um jene in Berlin zu verstärken, hatten sich erheblich verstärkt. Zusätz-

10

lich zu den, bereits in Russland kämpfenden Einheiten, mobilisierten die Außerirdischen weitere drei Millionen Soldaten. Das entsprach über 200 Divisionen. Erneut schien es so, als ob sie aus den Tiefen des Weltalls unermessliche Reservoire abrufen und als Invasionstruppen auf der Erde einsetzen konnten. Anders war dies nicht zu erklären.

Aber nicht nur diese »Mannstärke« war mehr als erschreckend, sondern auch die »Lernfähigkeit« der Fulguren. Denn inzwischen waren sie in der Lage, die von den Menschen erbeuteten Panzer zu fahren und ihr Kriegsgerät, insbesondere die Artillerie zu bedienen. Dementsprechend verstärkten sie ihre, sich auf Ostpreußen zubewegenden Armeen mit rund 6.000 Beutepanzern aus sowjetischen oder deutschen Beständen sowie 45.000 Geschützen. Hinzu kamen 12.000 LKWs, um nicht nur Truppen, sondern ebenso Munition, Dieselöl und weiteren Nachschub zu transportieren.

Der Sturm der Greys vor den Grenzen des Reiches aus dem Osten war nicht mehr aufzuhalten. Und damit auch nicht das unsägliche Leid, das sie über die Zivilbevölkerung bringen würden. Denn ihr unbeschreibliches Wüten war weitaus furchtbarer als alles, was Bomben auswirken konnten.

ERSTES KAPITEL

Mitte Januar 1943, Landkreis Tilsit-Ragnit, Regierungsbezirk Gumbinnen, Ostpreußen an der Grenze zum Generalbezirk Litauen

Es war die Ruhe vor dem Sturm, bevor die Hölle aus dem sprichwörtlichen Nichts über die ahnungslosen Menschen hereinbrach. So auch über die Gergenhoffs und ihre Hausangestellten und Arbeiter auf dem familieneigenen Gutshof, unweit von Tilsit entfernt, in direkter Nähe der Memel. Jenem beinahe 1.000 Kilometer langem Strom, der von Weißrussland über Litauen in das Kurische Haff und in die Ostsee floss.

An diesem eiskalten Wintermorgen lagen die Hofgebäude, bestehend aus dem feudalen Wohn- und dem Gesindehaus, einer Werkstatt, der Schmiede, Mühle, Hofmolkerei, den Vieh- und Pferdeställen, den Scheunen und Getreide- und Heuspeichern sowie den Nebengebäuden unter einer weißen Schicht

Neuschnee. Der Himmel war von grauen Wolken bedeckt, die so aussahen, als würden sie noch mehr Niederschlag bringen.

Die Auffahrt zum zweistöckigen Haupthaus führte durch eine alte Lindenallee und anschließend über eine kleine Brücke. Es bestand aus unverputzten Backsteinmauern, zweiflügeligen, weißgestrichenen Holzfenstern mit einer schweren Eichenholztür sowie einem roten Pfannendach. Der Gutshof war Geburts-, Lebens- und Rückzugsort, in dem die Familienbande seit zehn Generationen gewachsenen waren. Nirgendwo sonst konnten sie es sich vorstellen, ihren Lebensmittelpunkt zu haben. Im angrenzenden Park mit den elf Meter hohen, im Winter mit Schnee beladenen Schnitthecken, hatten die Nachkömmlinge der Familie schon seit Ende des siebzehnten Jahrhunderts gespielt. Soweit ging die Ahnenfolge in der Ahnenliste zurück.

Obwohl der schreckliche Krieg bereits über drei Jahre andauerte, war Ostpreußen weitgehend von seinen Auswirkungen verschont geblieben. Hier war fast alles wie immer. Außer der Gewissheit, dass die jungen Männer aus den preußischen Familien als tapfere Soldaten überall an den Fronten kämpften und viele von ihnen auch starben. Die meisten in Russland.

An all das dachte Gregor Gergenhoff, das Oberhaupt der Dynastie, als er um diese frühe Zeit aus dem hohen Fenster hinaus auf seinen riesigen Grundbesitz blickte. Dabei summte er das Ostpreußenlied von Erich Hannighofer, dessen Melodie und Text natürlich jeder echte Preuße auswendig kannte:

»Land der dunklen Wälder und kristallnen Seen, über weite Felder lichte Wunder gehn.

Starke Bauern schreiten hinter Pferd und Pflug, über Ackerbreiten streicht der Vogelzug.

Und die Meere rauschen den Choral der Zeit. Elche stehn und lauschen in die Ewigkeit.

Tag ist aufgegangen über Haff und Moor. Licht hat angefangen, steigt im Ost empor.

*Heimat, wohlgeborgen zwischen Strand und Strom, blühe heut und morgen unterm Friedensdom.«*https://www.wagner-b.de/Lied.html[1]

Wie gewöhnlich waren die Stallburschen die ersten, die den neuen Tag begrüßten und ihre Arbeit aufnahmen. Dazu gehörte nicht nur das Vieh mit Futter zu versorgen, sondern auch

---

[1] Zitiert nach:

die Kühe zu melken, die Eier aus den Hühnerställen aufzusammeln und die Pferde zu striegeln.

Was das frühe Aufstehen anbelangte, stand Gregor ihnen jedoch in nichts nach. Nun also saß er in Gedanken versunken auf einem Stuhl am Fenster in seinem Schlafzimmer, das nur von ihm bewohnt war. Seine liebe Frau Sofie war vor drei Jahren unter tragischen Umständen bei einem Reitunfall gestorben. Seitdem teilte er mit niemandem mehr das Bett.

Auf dem kleinen Eichentisch neben ihm stand eine Vase mit violettem Rittersporn. Jeden Tag erneuerte seine zwanzigjährige Tochter Marie das Gedeck, um ihm eine Freude zu machen. Noch immer hatte er es nicht übers Herz gebracht, ihr zu gestehen, dass er sich aus dem Hahnenfußgewächs eigentlich nicht viel machte. Schließlich wollte er sie nicht kränken, meinte sie es doch nur gut mit ihm und seinem Seelenheil, das sich seit dem jähen Tod von Sofie dermaßen verdunkelt hatte.

An der hinteren Wand stand ein kleiner Schreibtisch, auf dem sich Wirtschaftsbücher, Aktenordner und Auftragsbücher türmten. Im ganzen Zimmer roch es nach Bohnerwachs, kaltem Kaminfeuer und Rauch, der aus den Poren der Holzvertäfelungen zu dringen schien. Das lag daran, dass er, auch hier drinnen seine Zigarren rauchte. Aber all das registrierte der alte Herr nicht.

Der Gutsbesitzer löste den Blick von der morgendlichen Pracht vor dem Fenster. Er stand von seinem Stuhl auf, ging zum Volksempfänger hinüber und schaltete ihn ein. Der Radioapparat war für den Empfang von Mittelwellenrundfunk und Langwellenrundfunk konzipiert. Im Gegensatz zu den herkömmlichen Varianten wurde dieses mit Batterien betrieben, denn in abgelegenen, ländlichen Gebieten waren die meisten Einzelgehöfte weiterhin nicht an das Stromnetz angeschlossen. Schon seit Wochen hatte das Gerät nicht funktioniert, weil die Batterien leer waren. Erst gestern Abend hatte er in einer Schublade seines Schreibtisches noch Ersatz gefunden.

Jedenfalls drang jetzt die demagogische Stimme des Reichspropagandaministers Joseph Goebbels aus dem Äther[https://www.1000dokumente.de/index.html?c=dokument_de&dokument=0200_goe&object=translation&l=de)1]. »

---

[1] Anmerkung: Der größte Teil der hier aufgezeigten Goebbels-Rede ist authentisch. Quelle: „Kundgebung der NSDAP, Gau Berlin, im Berliner Sportpalast, Joseph Goebbels, 18. Februar 1943, Auszug aus der Rundfunkübertragung, DRA-Nr. 2600052" (

.. die Krise, in der sich unsere Ostfront befand, scheint überwunden. Wir hatten uns im Zeichen des harten Unglücksschlages, von dem die Nation im Kampf um die Wolga betroffen wurde, zu einer Kundgebung der Einheit, der Geschlossenheit, aber auch der festen Willenskraft zusammengefunden, mit den Schwierigkeiten, die dieser Krieg in einem weiteren Jahre vor uns auftürmt, fertig zu werden. Nun haben wir die Kampfhandlungen mit dem bolschewistischen Feind eingestellt, was angesichts der elementaren neuen Gefahr auf Gegenseitigkeit beruht. So werden mit dem vereinigten Ostheer, Heeresgruppe Berlin benannt, in dieser Stunde auch die heldenhaften Kämpfer von Stalingrad durch die Ätherwellen mit uns verbunden, an unserer erhebenden Sportpalastkundgebung teilnehmen und mit uns zusammen mit erhobenen Händen die Nationalhymne singen. Welch eine Haltung deutschen Soldatentums in dieser großen Zeit! Welche Verpflichtung aber schließt diese Haltung auch für uns alle, insbesondere für die ganze deutsche Heimat in sich ein! Stalingrad war und ist der große Alarmruf des Schicksals an die deutsche Nation. Ein Volk, das die Stärke besitzt, ein solches Unglück zu ertragen und auch zu überwinden, ja, daraus noch zusätzliche Kraft zu schöpfen, ist unbesiegbar. Das Gedächtnis an die bereits gefallenen Helden von Stalingrad soll nun bei meiner Rede vor Ihnen und vor dem deutschen Volke eine tiefe Verpflichtung für mich und für uns alle sein. Ich weiß nicht, wie viele Millionen Menschen, über die Ätherwellen mit uns verbunden, heute Morgen an der Front und in der Heimat an dieser Kundgebung teilnehmen und meine Zuhörer sind. Ich möchte zu Ihnen allen aus tiefstem Herzen zum tiefsten Herzen sprechen. Ich glaube, das ganze deutsche Volk ist mit heißer Leidenschaft bei der Sache, die ich Ihnen heute vorzutragen habe. Ich will deshalb meine Ausführungen auch mit dem ganzen heiligen Ernst und dem offenen Freimut, den die Stunde von uns erfordert, ausstatten. Das im Nationalsozialismus erzogene, geschulte und disziplinierte deutsche Volk kann die volle Wahrheit vertragen. Es weiß, wie ernst es um die Lage des Reiches bestellt ist, und seine Führung kann es deshalb auffordern, aus der Bedrängtheit der Situation die nötigen harten, ja auch härtesten Folgerungen zu ziehen. Wir Deutschen sind gewappnet gegen Schwäche und Anfälligkeit. Und Schläge und

Unglücksfälle des Krieges verleihen uns nur zusätzliche Kraft, feste Entschlossenheit und eine seelische und kämpferische Aktivität, die bereit ist, alle Schwierigkeiten und Hindernisse mit revolutionärem Elan zu überwinden.«

Gergenhoff war ziemlich überrascht darüber, dass Goebbels schon um diese Herrgottsfrühe eine Rede im Sportpalast in Berlin hielt. Demnach musste die Lage mehr als ernst sein. Gespannt hörte er dem Reichspropagandaminister weiter zu.

»Es ist jetzt nicht der Augenblick, danach zu fragen, wie alles gekommen ist. Das wird einer späteren Rechenschaftslegung überlassen bleiben, die in voller Offenheit erfolgen soll und dem deutschen Volk und der Weltöffentlichkeit zeigen wird, dass das Unglück, das uns in den letzten Tagen getroffen hat, seine tiefe, schicksalhafte Bedeutung besitzt. Denn es betrifft nicht nur uns, sondern neben der Sowjetunion auch alle europäischen Nationen. Die Stunde drängt! Sie lässt keine Zeit mehr offen für fruchtlose Debatten. Wir müssen handeln, und zwar unverzüglich, schnell und gründlich, so wie es seit jeher nationalsozialistische Art gewesen ist. Der nationalsozialistische Staat hat sich, wenn eine Bedrohung vor ihm auftauchte, ihr mit entschlossener Willenskraft entgegengeworfen. Wir sind mutig genug, sie unmittelbar ins Auge zu nehmen, sie kühl und rücksichtslos abzumessen und ihr dann, erhobenen Hauptes und mit fester Entschlusskraft entgegenzutreten. Das zeichnet unsere höchsten Tugenden aus, nämlich einen wilden und entschlossenen Willen, um die Gefahr zu brechen und zu bannen, eine Stärke des Charakters, die alle Hindernisse überwindet, zähe Verbissenheit in der Verfolgung des einmal erkannten Zieles und ein ehernes Herz, das gegen sämtlichen inneren und äußeren Anfechtungen gewappnet ist. So soll es auch jetzt sein. Ich habe die Aufgabe, Ihnen ein ungeschminktes Bild der Lage zu entwerfen sowie die harten Konsequenzen für das Handeln der deutschen Führung und daraus resultierend das Handeln des deutschen Volkes zu ziehen.«

Beinahe atemlos saß der Gutsbesitzer vor dem Volksempfänger, vollkommen irritiert darüber, wer denn nun eigentlich der Feind war, der offensichtlich das Reich bedrohte. Die Russen waren es offenbar nicht oder *nicht mehr*. Goebbels zufolge waren sämtliche Kampfhandlungen mit den Bolschewiken eingestellt, die Verbände von der Ostfront auf dem Weg nach Berlin, um sich einer neuen »elementaren« Gefahr entgegenzustellen. Waren es etwa die Briten, die von ihrer verdammten Insel den Sprung aufs europäische Festland gewagt hatten, um das Heimatland anzugreifen? Oder die verfluchten Franzosen, die es seit je her auf Deutschland abgesehen hatten? Vielleicht sogar die arroganten Amerikaner, die wieder einmal der Welt zeigen wollten, dass es nur eine Weltordnung gab – nämlich die ihrige?

Gregor Gergenhoff war vollkommen verwirrt. Im Stillen schalt er sich selbst einen Narren, nicht schon früher nach den Ersatzbatterien gesucht zu haben. Sein Nichthandeln hatte dazu geführt, dass er viele Tage von der Nachrichtenlage ausgeschlossen gewesen war. Und nun tat er sich schwer damit, nachvollziehen, was sich im Reich und in der Welt, insbesondere aber an den verschiedenen Fronten tat.

»Der Angriff vom Himmel gegen unseren ehrwürdigen Kontinent und somit auch unser geliebtes Vaterland ist mit einer Wucht losgebrochen, die alle menschlichen und geschichtlichen Vorstellungen in den Schatten stellt. Sämtliche Abwehr- und Verteidigungsverbände, die uns noch zur Verfügung stehen, begegnen den Fulguren, wie die Außerirdischen genannt werden ...«

Wie von der Tarantel gestochen, sprang der alte Gergenhoff plötzlich von seinem Stuhl auf. Er konnte kaum glauben, was er soeben gehört hatte.

Angriff vom Himmel, Außerirdische ... Fulguren ...

Das war geradezu grotesk und lächerlich! Stand der Reichspropagandaminister etwa unter Drogen? Oder wie sonst sollte er dessen unfassbare Worte verstehen?

»... auch jetzt und gerade in der schwersten und schwärzesten Stunde, die die europäischen Nationen heimgesucht hat, erhebt unser geliebter Führer einmal mehr die warnende Stimme vor dem deutschen Volk und vor der Weltöffentlichkeit, um die von einer Willens- und Geisteslähmung ohnegleichen befallene abendländische Menschheit zum Erwachen zu bringen. Ihr die Augen zu öffnen für die fürchterliche Gefahr, die aus dem eigentlich unvorstellbaren Vorhandensein des Angriffs der Außerirdischen erwachsen, die nichts anderes als eine Invasion ist! Wahrlich, es ist zwei Minuten vor zwölf! Und deshalb muss nun schnell und gründlich gehandelt werden, sonst ist es zu spät. Als der Krieg begann – ich möchte ihn an dieser Stelle den menschlichen Krieg nennen – haben wir unsere Augen einzig und allein auf die irdischen Nationen und damit natürlich auch auf unser geliebtes Vaterland gerichtet. Was ihm und seinem Lebenskampf dient, das ist gut und muss erhalten und gefördert werden. Was ihm schadet, das ist schlecht und muss beseitigt werden. Mit heißem Herzen und kühlem Kopf wollen wir jetzt an die Bewältigung des größten Problems dieses Zeitabschnittes des Krieges gegen die Fulguren herantreten. Wir beschreiten damit den Weg zum endgültigen Sieg. Er liegt begründet im Glauben an den Führer. So stelle ich an diesem Morgen der gesamten Nation noch einmal ihre große Pflicht vor Augen. Der Führer erwartet von uns eine Leistung, die alles bisher Dagewesene in den Schatten stellt. Und freilich wollen wir uns seiner Forderung nicht versagen, sondern ganz im Gegenteil, diese mit Herzblut, Tapferkeit und Härte, auch gegen uns, erfüllen. Wie wir stets stolz auf ihn sind, so soll er stolz auf uns sein können ...«

Vor Gergenhoffs Augen verschwammen sämtliche Konturen der Landschaft vor dem Fenster, so als würde er durch ein Milchglas schauen, während Goebbels frenetischen Worte weiter sein Gehör malträtierten.

»... in den größten Krisen und Erschütterungen des nationalen Lebens erst bewähren sich die wahren Männer, aber auch die wahren Frauen. Da hat man nicht mehr das Recht, vom schwachen Geschlecht zu sprechen, da beweisen beide Geschlechter die gleiche Kampfentschlossenheit und Seelenstärke. Die Nation ist zu allem bereit. Der Führer hat befohlen, wir werden ihm folgen. Wenn wir je treu und unverbrüchlich an den Sieg geglaubt haben, dann in dieser Stunde der nationalen Besinnung und der inneren Aufrichtung. Wir sehen ihn greifbar nahe vor uns liegen; wir müssen nur zufassen. Wir müssen nur die Entschlusskraft aufbringen, alles andere seinem Dienst unterzuordnen. Das ist das Gebot der Stunde. Und darum lautet die Parole: Nun Volk steh' auf und Sturm brich los!«

Die letzten Worte des Propagandaministers gingen in schier nicht enden wollenden stürmischen Beifallskundgebungen unter.

Mit zitternden Fingern schaltete der Gutsbesitzer das Radiogerät aus. Er war vollkommen verstört. Sein Schädel brummte wie ein Bienenstock.

Außerirdische ... Fulguren ... greifen den europäischen Kontinent aus der Luft an ... Berlin ...

Das konnte, das durfte einfach nicht wahr sein! Vielmehr handelte es sich bei der martialischen Rede im Sportpalast höchstwahrscheinlich um eine Fälschung, um Feindpropaganda, die ihren Weg durch den Volksempfänger gefunden hatte, um das deutsche Volk irrezuführen. Die Bolschewiken waren schon immer sehr bewandert in diesen Dingen gewesen. Damit befanden sie sich aber ganz gewiss auf dem Höhepunkt ihrer Desinformationskampagnen!

»Vater!«

Die glockenhelle Stimme seiner Tochter Marie riss den alten Mann aus seinen konfusen Gedanken.

»Das Frühstück ist hergerichtet, Vater!«

Es schien Minuten zu dauern, bis er sich besonnen und die passende Erwiderung geben konnte. »Ich komme ja schon.«

Gregor Gergenhoff durchschritt das Schlafzimmer, öffnete die Tür und ging auf den breiten, mit Teppichen ausgelegten Korridor hinaus. Trotz des lebenslangen harten Arbeitens auf den Feldern, Äckern und in den Ställen, bewegte er sich immer noch aufrecht wie ein Zinnsoldat. Er war ein großer, stattlicher Grandseigneur in den Sechzigern, mit breiten Schultern, schlohweißem, adrett gestutztem Haar und einem faltenzerfurchten, von Wind und Wetter gegerbten Gesicht, aus dem kluge, graue Augen blickten.

Von unten hörte er das Klappern von Geschirr. Mit Marie waren er und Sofie vergleichsweise spät Eltern geworden. Genauer mit über 40 Lenzen, was zu so manch despektierlichen Äußerung im Bekanntenkreis geführt hatte, die sie jedoch geflissentlich überhörten.

Die Holzstufen knirschten, als der schwere Mann die Treppe hinunterschritt. In der Küche wartete bereits Marie am gedeckten Tisch auf ihn. Wie gewohnt nahmen sie hier und nicht im großräumigen Esszimmer die Mahlzeiten ein. Eine alte Angewohnheit, die von Oma Hermine stammte, der Mutter des Gutsherrn, als sie noch gelebt hatte. Doch zwischenzeitlich war sie schon über 20 Jahre tot.

18

Gott habe ihre Seele gnädig, dachte Gregor wieder einmal, um jegliche Gedanken an Goebbels Rede aus seinem Gedächtnis zu verbannen. Diese konnte einfach nicht authentisch sein! Unmöglich ...

»Guten Morgen, Herr Gergenhoff«, begrüßte ihn die betagte Köchin Agnes, wie jeden Tag. Geistesabwesend erwiderte er den Gruß und setzte sich seiner Tochter gegenüber.

Die junge Frau war zart von Gestalt und mit eben Mal 1,60 Meter nicht besonders groß. Allerdings strahlte sie mit ihrem pechschwarzen, langen Haar, das sie morgens immer offen trug, bevor sie sich später einen Dutt zurechtmachte, dem überaus hübschen Gesicht mit den hohen Wangenknochen, Erbe der vielfältigen Vermischung westfälischer und hessischer Siedler mit der pruzzischen Urbevölkerung sowie den jadegrünen Augen eine Faszination aus, die jeden Jungspund unwillkürlich umfangen hielt. Dementsprechend standen die Verehrer aus Tilsit Schlange bei den Gergenhoffs. Und so mancher dieser Heißsporne liebäugelte damit, um ihre Hand anzuhalten. Doch bislang hatte Marie nach eigenen Angaben noch keinen jungen Mann gefunden, mit dem sie sich eine Ehe oder gar eine Familiengründung hätte vorstellen können. Und außerdem musste ein für sie »passender« Kandidat zunächst die »Prüfung« ihres Vaters bestehen, wie er dies bei sich selbst benannte. Dazu gehörten nicht nur materielle und finanzielle Vorzüge, ein tadelloser und vor allem ihm gegenüber respektvolles Auftreten, sondern auch eine charakterliche Eignung. Vom Aussehen ganz abgesehen, wollte er seine Tochter doch nicht mit einer Vogelscheuche von Mann vermählen lassen, selbst wenn dieser äußerst begütert gewesen wäre. Das hatten die Frauen der Gergenhoffs bestimmt nicht nötig!

Sei's drum, dachte der Gutsbesitzer einmal mehr, bevor Goebbels Worte erneut sein Gehirn malträtieren konnten. *Wenn auch meine Marie noch aus dem Hause geht, bin ich mit den Bediensteten alleine im Haupthaus. Kein sehr erquicklicher Gedanke ...*

Zum Glück hatte seine Tochter schon angedeutet, sollte sie jemals in den Hafen der Ehe einfahren, dann wollte sie mit ihrem Gatten auf dem Gutshof leben. Das war eine erfreulichere Vorstellung für den alten Herrn. Umso wichtiger war die Wahl des *richtigen* Angetrauten.

Allerdings wäre Gregor ohnehin nicht alleine auf dem Gutsbesitz. Denn seine leibliche Schwester Gerda samt den Kindern Jette und Edda und Mann Ulrich bewohnten eines der ausladenden Nebengebäude. Momentan jedoch weilten sie in Nemmersdorf, einem kleinen Ort, etwa 80 Kilometer südlich von hier. Dort hielten sie sich seit einer Woche bei Ulrichs Eltern, den Jonescheits auf. Doch schon morgen wollten sie zurückkehren.

»Wie hast du geschlafen?«, fragte Marie, der natürlich das eigenartige, in sich gekehrte Verhalten ihres Herrn Papa auffiel. Er war zurückhaltender als sonst. Nicht ganz bei sich, wie er den Anschein machte. Allerdings wollte sie ihn mit ihrer Beobachtung nicht gleich vor den Kopf stoßen.

»Ausgezeichnet, Liebes«, brummte er. Damit schien das Thema für ihn erledigt.

Agnes servierte den beiden Herrschaften Brot, hausgemachte Marmelade, Apfelkompott, Butter, Frischkäsesalat, geräucherte Wurst, Eier, frische Milch, Tee und Kaffee. Zudem öffnete sie ein Weckglas mit eingemachten Erdbeeren.

Während Marie kräftig zulangte, hielt sich ihr Erzeuger auffallend zurück. Sein Appetit schien sich heute Morgen in Grenzen zu halten. Normalerweise war es umgekehrt.

»Hast du eigentlich in den letzten Tagen einen der Bauern oder der Dorfbewohner getroffen?«, erkundigte er sich scheinbar nebenbei. »Haben die über irgendetwas Ungewöhnliches gesprochen?«

Marie schüttelte den Kopf, so dass ihre Haare, die so schwarz schimmerten, dass sie schon einen Blauton aufwiesen, um ihr hübsches Antlitz flogen. »Warum fragst du, Vater?«

»Nur so, Liebes.«

»Und was meinst du mit etwas *Ungewöhnlichem*? Hat dieser Hitler wieder einen neuen Krieg gegen irgendjemanden auf dieser Welt angefangen?«

Hätte jemand Außenstehendes diese Worte vernommen, dann wäre Marie des Hochverrats angeklagt worden. So, aber blieb das Gesagte, wie immer unter ihnen. Agnes, die tat, als hätte sie nichts verstanden und laut mit den Pfannen und Töpfen schepperte, war ohnehin verschwiegen wie ein Grab. Sie gehörte schon seit Jahrzehnten gewissermaßen zur Familie, war äußerst loyal. Nie wäre es ihr eingefallen, irgendetwas,

was auf diesem Gutshof gesprochen wurde, nach außen zu tragen. Vielmehr hätte sie sich selbst die Zunge abgeschnitten.

Auch der alte Gergenhoff hatte normalerweise keine untadeligen Worte für den »Gefreiten« Hitler übrig, wie er ihn abfällig im kleinen Kreise benannte. Während die Blitzkriege gegen Polen, die Niederlande, Belgien, Luxemburg und Erzfeind Frankreich noch seine geteilte Zustimmung fand, schätzte er den Feldzug gegen Russland als schweren Fehler ein. Ebenso, dass der »Führer« als Oberster Befehlshaber der Wehrmacht agierte und damit die fähigsten Offiziere, zumeist aus dem preußischen Offizierskorps stammenden Generäle, in die zweite Reihe verwies. Das konnte wahrlich nicht gutgehen. Stalingrad wäre der Anfang des Untergangs gewesen, hatte er noch vor ein paar Tagen orakelt. Und jetzt?

Gregor nahm einen großen Schluck Kaffee aus der weißen Porzellantasse, um den bitteren Geschmack aus seinem Mund zu spülen.

Wenn Goebbels Rede nun doch authentisch war und das schon beinahe verloren geglaubte Ostheer wieder heim ins Reich kam? *Um etwa gegen Außerirdische zu kämpfen?, spottete gleich darauf eine innere Stimme in ihm. Schau dich um, wo sollen diese Fremden aus dem All denn sein? Melken sie vielleicht gerade die Kühe, alter Mann?*

»Du siehst aus, als ob du dich sorgen würdest, Vater«, konnte es die junge Frau nun doch nicht lassen, sich wegen des seltsamen Gemütszustandes ihres heute so äußerst wortkargen Gegenübers zu erkundigen.

Gregor legte die Gabel auf den Teller und schob ihn halb voll zurück. Bevor er jedoch etwas erwidern konnte, trat Agnes an den Tisch heran und blieb mit zusammengefalteten Händen davor stehen,

»Wenn ich etwas sagen darf, Herr Gergenhoff.«

»Nur zu, Agnes.«

»Ich war vor zwei Tagen mit einem Knecht in Tilsit, um unsere Vorräte aufzubessern.« Die betagte, grauhaarige Frau, hielt kurz inne.

»Und?«

Agnes räusperte sich, bevor sie fortfuhr. »Der Apotheker sagte mir, dass beinahe alle Arzneimittel an die Front geliefert worden sind. Sie wissen doch, dass ich an chronischem Husten leide und deshalb Eukodal einnehme, was nun jedoch zur Neige geht. Jedenfalls berichtete der Pharmazeut davon, dass das Vaterland, insbesondere Berlin, offenbar von einer fremden Luftflotte attackiert wird. Es sollen weder Russen noch Briten und gleich gar keine Amerikaner sein ...« Die Köchin unterbrach sich erneut.

»Sondern?«

»Ich wage es kaum, es auszusprechen, Herr Gergenhoff.«

»Tu dir keinen Zwang an, Agnes.«

Die Angesprochene druckste herum.

»Nun raus mit der Sprache!«

Erneut räusperte sich die betagte Köchin, die wahrlich zum Inventar des Hauses gehörte. »Nun, der Apotheker erwähnte ... Geschöpfe ... Wesen, die nicht von dieser Erde stammen ...«

»So ein ausgemachter Unsinn!« Es war Marie, die jetzt ihre Stimme so laut erhob, dass Agnes regelrecht zusammenzuckte. »Der Pillendreher hat wohl H.G. Wells *Krieg der Welten* gelesen.«

»Ich verstehe nicht, Fräulein Gergenhoff ...«

»Ein Buch, das schon um die Jahrhundertwende veröffentlicht wurde.« Marie holte tief Luft. »Oder gar eines von Jules Vernes phantastischen Schundwerken. Wer glaubt denn so etwas! Außerirdische – dass ich nicht lache!«

Mit einem eingeschüchterten Nicken zog sich die Köchin wieder an den Herd zurück, um dort sauber zu machen. Nach dieser brüsken Zurechtweisung bereute sie es, überhaupt das Thema angeschnitten zu haben.

Erneut fiel Maries Blick auf ihren Vater, der jetzt kerzengerade und wie zu einer Salzsäule erstarrt, auf dem Stuhl saß.

»Vielleicht ist das gar kein Blödsinn, mein liebes Kind.«

Marie zog die schöngeschwungenen Augenbrauen über der Nasenwurzel zusammen. »Was willst du damit andeuten, Vater?«, fragte sie so überrascht und auch misstrauisch, als hätte er den Verstand verloren. Niemals hätte sie gedacht, dass er im Mindesten an so etwas Absonderliches zu denken wagte.

»Ich habe vorhin im Volksempfänger einer Rede von Joseph Goebbels gelauscht, die er im Sportpalast gehalten hat. Dabei erzählte er dasselbe.«

Sekundenlang herrschte betretendes Schweigen. Selbst das Klappern und Scheppern vom Herd herüber, verstummte augenblicklich.

»Herr Goebbels ist ebenfalls ein Phantast, der die Unfähigkeiten seines Herrn Hitlers im Kampf vertuschen will.«

»Still, Marie! Wenn dich einer der Knechte oder Pferdeburschen hört und dich anzeigt, endest du letztlich noch am Galgen!«

Das Machtwort des Alten genügte, um die Tochter, die nicht verstand, wie ihr geschah zum Schweigen zu bringen.

Sind denn jetzt alle von den guten Geistern verlassen?, fragte sie sich im Stillen. *Der mächtigste Propagandist der Nationalsozialisten tischt ihnen eine Geschichte von Außerirdischen auf und manche glauben das auch noch? Besitzen sie denn keinen gesunden Menschenverstand mehr? Oder sieht die Lage an der Front so schlimm und desaströs aus, dass man eine eventuell anstehende Niederlage mit dermaßen Lügenmärchen rechtfertigen muss?*

»Aber, Vater, das kann doch nicht dein Ernst sein ...«

»Ich sagte, still, Marie!«

Gergenhoff war so schnell aufgestanden, dass der Stuhl hinter ihm umkippte und mit dem Laut eines Peitschenknalls auf den Fliesenboden knallte. Ungeachtet dessen trat er ans Küchenfenster heran und starrte mit zusammengekniffenen Augen in den Morgen hinaus. Weit über der Lindenallee stieg schwarzer Rauch auf, begleitet von einem unbestimmten Donnergrollen aus der Ferne.

Auch Marie und Agnes vernahmen es nun und stellten sich ebenfalls ans Fenster.

»Was ist das, Vater?«

Auf die Frage der Tochter fand der Alte sofort eine passende Antwort. Jedenfalls in Gedanken, laut aussprechen wollte er sie nicht. Im Ersten Weltkrieg hatte er als Offizier den Landstreitkräfte des Deutschen Kaiserreiches, dem er noch immer nachtrauerte, treu, gewissen- und ehrenhaft gedient. Er hatte viele Schlachtfelder gesehen und am eigenen Leibe das Grauen der Gefechte erfahren. Daher kannte er sämtliche Facetten des Krieges.

»Packt sofort das Nötigste zusammen!«

Die junge Frau wirkte plötzlich ungemein verängstigt. »Weshalb, Vater? Was ist denn los?«

»Bitte, Marie!«, entgegnete der Angesprochene barscher als beabsichtigt. »Wir haben keine Zeit zum Herumlamentieren! Tue einfach, was ich dir auftrage, und zwar ohne Widerspruch! Und sag den Stallknechten Bescheid, sie sollen die Fuhrwerke anspannen. Für alle. Wir müssen sofort aufbrechen!«

Marie duckte sich regelrecht unter den harten Worten ihres Erzeugers, als würde sie Schläge erwarten. Tränen standen in ihren Augenwinkeln, ob der jähen Gemütsveränderung des Vaters, die sie so noch nie an ihm erlebt hatte. Aber auch aus Furcht vor dem, was da mutmaßlich auf sie zukam. Im tiefsten Inneren vermeinte zu wissen, dass sich von nun an ihr aller Leben von Grund auf verändern würde.

Auf dem Fuße wandte sie sich um, rannte durch die Küche auf den Flur und dann aus dem Haus Richtung Pferdestall hinüber. Sie war so erschrocken, dass sie sogar vergaß, sich einen Wintermantel überzuziehen.

Gergenhoff sah nun die Köchin fest an. »Du weißt, was das bedeutet!« Das war keine Frage, sondern eine Feststellung, denn auch sie war alt genug, um die Gefahr zu begreifen, in der sie plötzlich schwebten. In nicht einmal zehn Kilometern Entfernung brannten Häuser und Scheuen. Das verhieß, dass der Feind schon fast vor ihren Toren stand.

»Natürlich, Herr Gergenhoff. Ich werde mit den beiden Stubenmädchen sofort alles zusammenpacken.«

Der Gutsherr nickte. Er hoffte, dass die hastige Flucht nur von kurzer Dauer sein würde und sie in wenigen Tagen wieder auf den Gutshof zurückkehren konnten.

Allerdings plagte ihn die Ungewissheit, wer denn nun für die Verwüstungen drüben verantwortlich war. Tatsächlich doch der Russe oder etwa ...

Schnell wischte er die Gedanken an Außerirdische aus seinem Gedächtnis. Stattdessen suchte er erneut das Schlafzimmer auf und öffnete den schweren Holzschrank. Zwischen seinen Kleidern, ganz hinten in der Ecke, hatte er sein Mauser-Gewehr Modell 98 aus dem Ersten Weltkrieg sowie die Pistole Luger 08 verwahrt. Sofie hatte es nie gerne gesehen, wenn die Waffen offen herumlagen. Der Neffen wegen.

Er nahm Gewehr und Pistole an sich, schob eine Holzbohle neben dem Bett zur Seite und holte die passende Munition heraus, die er dort versteckte, damit sie nicht doch in Kinderhände geriet.

Danach packte die wichtigsten Papiere, Geld und Erinnerungsstücke in einem Jutesack zusammen. Ebenso seine eigene Notbekleidung. Mehr Zeit blieb nicht.

Als er wieder unten in der Diele stand, waren auch Agnes und die beiden anderen Bediensteten, junge Frauen in Maries Alter, fertig mit dem Zusammenpacken. Durch die angelehnte Haustüre drangen Geräusche hektischen Treibens herein: Das Quietschen von Deichseln, das Rattern von Rädern auf dem Kopfsteinpflaster, Männerstimmen, die Anweisungen gaben oder sich etwas zuriefen.

Aus ihrem Zimmer im oberen Stock waren Maries Schritte zu hören, die ebenfalls eiligst noch ein paar Sachen zusammenschnürte.

»Beeile dich, Tochter!«

Als Gergenhoff in seinen Wintermantel an der Garderobe schlüpfte, verharrte er auf der Stelle.

Denn unwillkürlich mischten sich zu den vertrauten Lauten des Anschirrens der Pferde noch ganz andere.

In höchster Not ausgestoßene Schreie!

ZWEITES KAPITEL

Mitte Januar 1943, Reichskommissariat Ostland.

Schon seit Tagen bewegte sich die beinahe endlose Kolonne der Heeresgruppe Berlin durch die Weite des westlichen Russlands, der Ukraine und Weißrusslands. Der Konvoi bestand aus Truppentransportern, Horch-Typ-830-Kraftfahrzeugen, die als Funkwagen benutzt wurden, Zugkraftwagen zum Abschleppen der schweren Artillerie, Halbketten-LKW, Selbstfahrlafetten, leichten und mittleren Schützenpanzern, Wehrmachtsschleppern, Panzerspähwagen, verschiedenen Geschützwagen, Infanteriegeschützen und Feldkanonen, die an Pferde-Gespanne angebracht waren, gleichermaßen wie unterschiedliche Flak und Pak mit Sonderanhängern, Nebel- und Granatwerfern sowie Munitionsschleppern. Weit voraus fuhren die geländegängigen Stoewer-40-Spähwagen, gefolgt von den VW-Kübelwagen mit den Führungsstäben der Armeen. Seitlich davon rollten als Kolonnen-Begleitschutz die Panzer-Verbände mit, ebenso wie zusätzlich mitgeführte weitere Raupenfahrzeuge.

Insgesamt umfasste die HG Berlin 80 Infanteriedivisionen, neun motorisierte Divisionen und sieben Panzerdivisionen mit zusammengefasst rund zwei Millionen Soldaten und 300.000 Verbündeten aus Ungarn, Rumänien, Finnland, der Slowakei und Italien. Hinzu kamen 1.500 Panzer, kommandiert von Generaloberst Heinz Guderian, der eiligst in den aktiven Dienst zurückgeholt wurde, und Generaloberst Gotthard Heinrici, 180.000 Fahrzeuge und 2.500 Geschütze. Der Bestand an Pferden, der zu Beginn des »Unternehmen Barbarossa« bei 750.000 gelegen hatte, war drastisch auf 150.000 zusammengeschrumpft. Und auch von den 1.800 Flugzeugen der ursprünglich drei Luftflotten, waren durch die Lufthoheit der Fulguren gerade noch 300 übriggeblieben. Diese wurden von Generalfeldmarschall Albert Kesselring, dem vorherigen Chef der Luftflotte 2 befehligt. Allerdings waren diese bereits nach Berlin abkommandiert worden.

Von Weißrussland aus marschierte das gewaltige Heer weiter nach Litauen, dessen Staatsgebiet seit dem Sommer 1941 von den Deutschen als Generalbezirk besetzt war und zum Reichskommissariat Ostland zählte. Obwohl laut OKW die Lage im Vaterland prekär war, hielt Hitler nach wie vor daran fest, dass die neue HG einen Bogen zur Ostsee machen sollte, um in Ost- und Westpreußen Flüchtlinge aufzunehmen, die ebenfalls von den Außerirdischen attackiert wurden. Über Königsberg und Danzig sollte es dann schließlich nach Berlin gehen.

Zurzeit stand die Heeresgruppe Berlin nordwestlich im Kauen-Land. Kauen war der veraltete deutsche Begriff für Kaunas, das die Russen wiederum Kowno nannten. Letztlich befanden sich die Einheiten der Wehrmacht unweit der Grenze des Generalbezirks Litauen zur Provinz Ostpreußen.

Nach hunderten von Kilometern, in denen die Marschkolonnen ohne größeren Halt weiter durch Osteuropa gezogen war, hatte Manstein nun eine längere Rast einlegen lassen. Mensch und Tier waren erschöpft und benötigten eine Pause. Mitunter mussten die Fahrzeuge und das Kriegsgerät aufgrund der weiterhin anhaltenden eisigen Kälte gewartet oder instandgesetzt werden.

Maximilian »Max« Steiner und sein Kamerad Julius Hedrich gehörten einem Zug des IR 534 an, der für die Sicherung der Zivilisten zuständig war, die sich vor Tagen der 6. Armee angeschlossen hatten, um aus Stalingrad Richtung Westen auszurücken. Angeführt wurde der Zug von Leutnant Armin Wolff, der aufgrund seines mitunter erbarmungslosen Umgangs mit seinen Untergebenen im Landserjargon nur »Schinderhannes« genannt wurde.

Zur Stunde saßen die Landser und einige Flüchtlinge auf den Pritschen des Aufbaus des Opel-Blitz-LKW, löffelten kalte Gemüsesuppe aus den Blechschüsseln und kauten auf hartem Brot herum. Vielmehr gab es nicht.

»Hoffentlich bekommen wir in Berlin was Besseres zu essen. Dieser Fraß hier ist beinahe ungenießbar«, nörgelte Heiko Schindler zwischen zwei Bissen herum, um anschließend vulgär zu rülpsen. Er war ein dünner, nicht allzu großer und zumeist verbitterter Mann mit sadistischen Zügen. Die hässliche Narbe auf seiner linken eingefallenen und mit Stoppeln übersäten Wange, rührte aus der Kindheit her, als er von seinem Vater mit der Knute mitunter ins Gesicht geschlagen wurde. Innerhalb des Regiments hatte er aufgrund des aufbrausenden, cholerischen Charakters eigentlich keine Freunde. Und auch in seinem Zug wurde er mehr geduldet als gemocht. Ohnehin, nachdem er in einem Waldlager versucht hatte, Anastasia Dubjanskaja, die mit ihrem Bruder Sergej zu den Flüchtlingen gehörte, zu vergewaltigen. Im letzten Moment war Steiner, der selbst ein Auge auf die hübsche Russin geworfen hatte, dazwischen gegangen.

»Sei froh, dass wir überhaupt etwas zum Beißen haben«, gab Werner Küssling an die Adresse des Narbengesichts zurück. Auch er war schon des Öfteren mit Schindler aneinandergeraten.

Dieser betrachtete den hageren, strammen Mann mit dem getrimmten Zwirbelbart und trotz seiner jungen Jahre bereits angegrauten Haaren, herausfordernd mit seinen tiefliegenden, kohlefarbenen Augen.

»Dass du dich mit jedem Scheiß zufriedengibst, ist wahrlich keine neue Offenbarung, Küssling«, stichelte der Narbige in gewohnter Weise.

Bevor der Fahrer des LKW antworten konnte, mischte sich Steiner ein. »Ich glaube kaum, dass du in Berlin viel ans Essen denken kannst, Schindler. Vielmehr werden wir alle Hände voll zu tun haben, die Fulguren zu bekämpfen. Da wärst du wahrscheinlich froh, überhaupt eine Suppe zu bekommen.«

Anastasia Dubjanskaja, die den schneidigen, großen und sehnigen Max mit seinem vollen, nach Kommissart kurzgeschnittenen, blonden Haarschopf, heimlich von der Seite angesehen hatte, grinste reflexhaft. Sie war der deutschen Sprache mächtig und hatte deshalb dem Gefrotzel folgen können. Genauso wie ihr jüngerer Bruder Sergej, der neben ihr saß. Das lag daran, dass schon kurz vor dem Krieg ihre Eltern an Typhus gestorben waren und sie beide völlig alleine auf sich gestellt, den Kämpfen, der Kälte, Krankheiten und Hunger trotzen mussten. Während Sergej jede Gelegenheitsarbeit annahm, nähte, flickte, kochte und putzte Anastasia für alte Menschen in der Nachbarschaft, zu der neben den russischen Einheimischen ebenso deutsche Auswanderer gehörten. Von ihnen lernten sie deren Muttersprache.

Wenig überraschend sah auch Schindler, wie sich die Russin, die sich ihm »verweigert« hatte, wie er seinen Vergewaltigungsversuch rechtfertigte, lustig über ihn machte. Dabei kam er jedoch nicht umhin, aufs Neue ihre natürliche Schönheit zu bewundern. Ihre blassen Gesichtszüge, in denen sämtliche Entbehrungen des Kriegs standen, erinnerten an die einer Skulptur aus dem antiken Griechenland, mit einer Haut wie reines Elfenbein, einer geraden Nase und vollen Lippen. Ihr Antlitz wurde von herrlichen meerwasserblauen Augen beherrscht, umrahmt von langen, seidigen Wimpern. Anastasia war etwa 1,70 Meter groß und schlank, die weiblichen Proportionen unter der Winterkleidung verborgen und das weizenblonde Haar zu einem Zopf zusammengebunden.

Doch bevor Schindler etwas Gemeines in ihre Richtung erwidern konnte, legte ihm Julius Hedrich, der vor ihm auf der Pritsche saß, fast kameradschaftlich eine Hand auf den Unterarm.

»Lass es einfach sein«, gab er dem Narbengesicht mit seiner tiefen, durchdringenden Stimme unmittelbar zu verstehen. Dabei rückte er mit seinem massigen Körper mit den breiten Schultern und dem mächtigen Brustkorb, deren Muskeln jedoch aufgrund des Hungers, die die Landser in Stalingrad erleiden mussten, ein wenig geschrumpft waren, etwas näher an ihn heran. So machte er seine physische Präsenz, die an die eines Bären erinnerte, wobei nur das lichte rote Haar im Gegensatz dazu stand, gegenüber dem viel kleineren und schmächtigeren Mann noch dominanter.

Schindler schluckte eine scharfe Bemerkung genauso mit Widerwillen hinunter, wie das karge Essen.

Für ein paar Minuten war nur das Scheppern der Löffel in den Blechschüsseln zu hören.

Plötzlich wurde hinten die Plane geöffnet und das Konterfei Leutnant Armin Wolffs erschien. Er war ein Mann mittleren Alters, untersetzt und kahlköpfig. Seine etwas hervorquellenden Froschaugen, denen nichts zu entgehen schien, waren immer in Bewegung.

»Los, los, los, lange genug gefuttert. Es geht weiter!« Und an Küssling gewandt. »Sofort ans Steuer!«

»Jawohl, Herr Leutnant.« Der Angesprochene stellte die Blechschüssel auf den Boden und kletterte vom Pritschenaufbau des LKW, um in die Fahrerkabine zu steigen. Zu seinem Leidwesen nahm der »Schinderhannes« auf dem Beifahrersitz Platz.

Gleich darauf rollte die Kolonne der Heeresgruppe Berlin über die Grenze der ostpreußischen Provinz. Nichts ahnend, welche Hölle sie dort erwartete.

Landkreis Tilsit-Ragnit, Regierungsbezirk Gumbinnen.
Die grässlichen Schreie, die von draußen in das Hauptgebäude des Gutshofs drangen, trieben nicht nur Gregor Gergenhoff die Blässe ins Gesicht, sondern ebenso seiner Tochter Marie. Neben ihnen standen Köchin Agnes und die beiden Stubenmädchen wie versteinert in der Diele. Allesamt hatten sie das Notwendigste zusammengepackt.

»Ihr bleibt hier drinnen!«, befahl der Gutsherr. »Versteckt euch am besten im Keller, bis wir wissen, was los ist! Na wird's bald!«

Während die drei weiblichen Angestellten der Anweisung sofort nachkamen, blieb Marie, wo sie war.

»Du kannst nicht da raus, Vater! Vielleicht haben die Russen bereits den Hof gestürmt ...«

Gregor sah seine Tochter mit einem so harten Blick an, wie noch nie in ihrem Leben. Unwillkürlich rieselte eine eisige Gänsehaut über ihren Rücken.

»Keine Diskussion! Du gehst sofort zu den anderen in den Keller!«

Marie schluckte den würgenden Kloß hinunter, wischte sich mit dem Handrücken die Tränen aus den Augen und folgte den Frauen ohne ein weiteres Wort zu verlieren.

Gergenhoff repetierte den Mauser-Karabiner, zog die schwere Eichenholztür einen Spalt auf und spähte hinaus.

Unvermittelt sprang ihn das pure Grauen wie ein tollwütiger Köter an. Von der Wucht des entsetzlichen Anblicks getroffen, taumelte er einen Schritt rückwärts, bis er sich wieder fing. Seine Kehle war zugeschnürt und sein Herz trommelte ihm so wild gegen die Brust, dass er vermeinte, es würde vor überlasteter Betriebsamkeit jeden Augenblick aussetzen.

Gregor Gergenhoff konnte nicht glauben, was er sah. Zu unwirklich und barbarisch war das Szenario! Zu irreal, was sich in dieser Minute vor seinen Augen abspielte.

Auf dem breiten Hof zwischen dem Wohn- und Gesindehaus sowie den Vieh- und Pferdeställen hatten die Knechte bereits die Fuhrwerke für die Herrschaften und ihre Arbeiter angespannt. Gleich danach waren sie feige und hinterrücks überfallen worden. Doch keineswegs von Russen, sondern von Wesen, die aus einem Albtraum entstammten.

Oder aus dem Weltall, schoss es dem alten Gergenhoff durch den Kopf.

Es wimmelte nur so von ihnen. Sie schienen überall zu sein. Alles bis auf das Hauptgebäude besetzt zu haben: die Werkstatt, die Schmiede, die Mühle, die Hofmolkerei, die Pferde- und Viehställe, die Getreide- und Heuspeicher sowie die Scheunen und Nebengebäude. Selbst auf der Auffahrt nach der alten Lindenallee und über die kleine Brücke stürmten weitere Truppen heran.

Die menschenähnlichen und doch so wesensfremden Geschöpfe waren an die zwei Meter groß, mit deformierten Schädeln, die durch ein ausgeprägtes Höhenwachstum gekennzeichnet waren. Ihre Gliedmaßen waren dünn und lang, die Hautfarbe grau. Ebenso wie die sich ihren Körpern anpassenden Overall ähnlichen Uniformen. Ihre Augen waren mandelförmig, tiefschwarz, seelenlos und glitzerten dennoch voller Mordlust. Darunter prangten drei Löcher, die wie eingestanzt wirkten, gleichermaßen jeweils vier an den Außenseiten der riesigen Köpfe. Vermutlich handelte es sich dabei um Atem- oder Gehöröffnungen. Die Münder waren bleistiftdünn und lippenlos. Und diese waren es auch, die die grässlichen Schreie ausstießen. Und zwar so ohrenbetäubenden, das den Menschen beinahe die Trommelfelle zerrissen wurden.

Gergenhoff konnte natürlich nicht ahnen, dass es sich um Kampf- und Angriffsschreie handelte. Ebenso wenig wusste er etwas über die faustkeilartigen Waffen, wobei der Hammerkopf offensichtlich als Griff und der Stiel als Lauf diente. Denn daraus blitzten Kaskaden orangegleißenden Strahlen, die dort, wo sie ihre Gegner trafen, sie in Sekundenschnelle versengten und verdampften und selbst metallische Gegenstände zerschmolzen.

Doch das war noch nicht das Schlimmste von allem. Sobald die Außerirdischen nahe genug an verteidigungsunfähigen oder verletzten Menschen heran waren, entblößten sie kräftige Gebisse mit rasiermesserscharfen, verfault anmutenden Zähnen. Wie bei einem Hai lagen mehrere Zahnreihen hintereinander, wobei die vordersten aufrecht standen, während sich die hinteren nach und nach aufrichten konnten. Damit rissen sie ihre Gegner regelrecht in Stücke oder zerfetzten ihnen die Halsschlagadern, so dass meterweite Blutfontänen herumspritzten.

Im Nu sah der Hof wie ein Schlachthaus aus!

Gergenhoff, der gewiss kein Feigling war, stattdessen stets seinen Mut im Ersten Weltkrieg bewiesen hatte, schlotterte jetzt am ganzen Leib. Denn all das ging weit über jegliche Vorstellung hinaus.

Diese Bestien kommen nicht aus dem Weltall, sondern direkt aus der Hölle!

Wie auch immer, die Fulguren hinterließen eine Schneise aus Blut, Tod und Zerstörung! Dementsprechend war der Hof übersät mit verbrannten oder verblutenden Menschenkörpern und Pferdekadavern. Jenen Knechten und Stallburschen, die von den scharfen Gebissen verschont, dafür jedoch Opfer der Strahlenwaffen geworden waren, rannten als menschliche Fackeln entflammt, grotesk mit den Armen wild um sich rudernd und schlagend, hin und her. Freilich konnten sie dem grausamen Verbrennungstod nicht entgehen. Wenig später zeugten lediglich noch schwarze, ölige und stinkende Schlackelachen von ihrer irdischen Existenz.

Gergenhoff dachte an die Rauchsäule in der Ferne, die er kurz zuvor entdeckt hatte. Wahrscheinlich hatten die Fulguren, wie sie im Radio genannt wurden, die Grenze nach Ostpreußen überschritten und bereits die ersten Höfe in Schutt und Asche gelegt.

Und du hast geglaubt, die Russen wären eingefallen! Darüber könntest du jetzt froh sein, anstatt diesen Monstren gegenüberzustehen.

Der Grey, der soeben Gergenhoffs jüngsten Knecht zerfleischt hatte, schaute unwillkürlich von dessen Leiche auf und direkt über den Hof zur Eingangstür hinüber.

Instinktiv zog sich der Alte zurück. Zu spät. Er war entdeckt worden!

Ohne weiter darüber nachzudenken riss er das Mauser-Gewehr hoch, zielte durch den Türspalt und drückte den Abzugshebel durch.

Der Karabiner bellte auf. Die Kugel schlug dem Fulguren direkt in die Stirn, zerfetzte den riesigen Schädel geradezu.

Das hast du verdient, du verdammter Bastard!

Mit dem anschließenden Repetieren wurde die zweite, der insgesamt fünf Patronen, die das Magazin fasste, in den Lauf geschoben. Und das war dringend nötig, denn nun waren auch die übrigen Greys auf den Menschen im Haus aufmerksam geworden.

Gergenhoff gelang es, noch einem weiteren außerirdischen Angreifer das Gehirn aus dem hässlichen Schädel zu schießen. Dann schmetterte er die Haustür ins Schloss und versperrte sie, im Klaren darüber, dass diese den unheimlichen Strahlenwaffen nicht standhalten konnte, und doch brachte ihm das einige Sekunden ein, um sich selbst zu verstecken. Natürlich machte er sich nichts vor: Gegen die Übermacht der Angreifer hatte er keine Chance.

Der Alte suchte nicht den Keller auf. Dort versteckten sich die Frauen, einschließlich seiner Tochter und deshalb wollte er die Fulguren nicht erst auf diese Fährte locken.

Ganz im Gegenteil stieg er hastig die Treppe zum Obergeschoss und von da die Holzleiter auf den offenen Dachboden hinauf, die er, als er oben war, sofort einzog.

Mit rasend klopfendem Herzen und schweißgebadetem Körper wartete er, die Mauser fest in den Händen, auf den völlig irrational erscheinenden Feind. Und dieser ließ wahrlich nicht lange auf sich warten!

Kaum zwei Minuten später tauchten die grauen Schädel unter ihm auf. Wie vermutet war es ihnen ein leichtes gewesen, in das Haupthaus einzudringen.

Gergenhoff zog den Kopf ein, um nicht beim ersten Blick gesehen zu werden.

Doch sein Plan ging nicht auf. Das merkte er in dem Moment, als plötzlich schrille Frauenschreie aufklangen.

Die Fulguren hatten Marie, Agnes und die Stubenmädchen im Keller entdeckt!

Siedend heiß fuhr ihm das Entsetzen in alle Glieder. Ein würgender Kloß bildete sich in seiner Kehle. Er schickte ein Stoßgebet gen Himmel.

Herrgott lass nicht zu, dass auch noch meine Tochter sterben muss! Du hast doch schon meine liebe Frau Sofie zu dir geholt!

Das Selbstmitleid zersprang unter der bitteren Erkenntnis, dass er die Außerirdischen ablenken musste, soweit das überhaupt möglich war.

Und zwar *jetzt* sofort!

Ohne weiter darüber nachzudenken gab Gregor vom Dachboden aus einen Schuss auf einen der Angreifer ab. Die Kugel traf diesen in die Schädeldecke, verteilte Blut und Gehirn an den Wänden des Korridors.

Als der tödlich getroffene Grey zu Boden fiel, hatten die anderen den Schützen bereits ausgemacht. Sie rissen ihre Strahlenwaffen nach oben, die gleich darauf aufflammten, verfehlten jedoch ihr Ziel, weil sich der Alte erneut zurückgezogen hatte.

Allerdings setzten die orangenen Energiebahnen die Dachstube in Brand! Rasend schnell züngelten Flammen über die Holzverkleidung, die Dachbalken und den Holzboden. Dicker, rußiger Qualm stieg auf. Das laute Knistern und Prasseln der sich immer weiter ausweitenden Feuersbrunst übertönte sogar die Schreie, die nach wie aus den Etagen unter Gergenhoff kamen.

Der Alte hustete, hielt sich mit einer Hand ein Taschentuch vor Nase und Mund. Seine Augen tränten, so dass er alles nur noch wie durch einen milchigen Schleier sah. Die Hitze um ihn herum nahm zu, versengte seine Haare und seine Augenbrauen.

Fraglos saß er in einer Falle, die er sich durch sein überstürztes Handeln selbst eingebrockt hatte. Allerdings war es jetzt für Selbstkritik zu spät.

Von Panik erfüllt suchte er nach einem Ausweg. Aber einen solchen gab es nicht, stand doch die einzige Leiter, die vom Dachboden hinunterführte, bereits ebenfalls in Flammen. Und ein Fenster, dessen Scheibe er hätte zertrümmern können, gab es auch nicht.

Du wirst elendig wie auf einem Scheiterhaufen geröstet werden!

Verzweifelt drehte sich Gergenhoff im Kreis. Doch überall loderte der Brand schon meterhoch. Der gefährliche Brandrauch, angereichert mit giftigen Gasen, verätzte seine Lungen.

So also sieht dein gleichermaßen erbärmlicher wie schrecklicher Tod aus.

Bevor der Gutsbesitzer den Gedanken fortsetzen konnte, spürte er jäh Bewegung unter seinen Schuhsohlen. Im selben Moment brach der Dachboden ein!

Begleitet von brennenden Holzbalken stürzte Gergenhoff in die Tiefe. Hart schlug er auf dem Boden der darunterliegenden Etage auf, glaubte, sich dabei sämtliche Knochen zu brechen. Der Schmerz war so heftig, als wäre er von einem Zug gerammt worden.

Aber Hauptsache er lebte!

Keuchend wälzte sich der Alte auf den Rücken, um die Flammen, die seine Kleidung erfasst hatten, zu löschen. Dann starrte er in das schwarze Loch über sich, durch das er gefallen war. Inzwischen züngelten auf dem Dachstuhl hohe Feuerlohen, die sich gierig weiter fraßen.

Vorsichtig und mit schmerzverzerrtem Gesicht setzte er sich auf. Zum Glück schien er sich nichts gebrochen zu haben. Lediglich durch seine linke Schulter peitschte bei jeder Bewegung ein scharfer Schmerz. Das war wirklich erstaunlich für einen Sturz aus gut und gerne drei Metern Höhe, dem seine gewiss nicht mehr jungen Gebeine ausgesetzt waren.

Stöhnend nahm er das Gewehr an sich, das mit ihm heruntergefallen war, stützte sich darauf und stemmte sich schwerfällig auf die Beine. Kurzer Schwindel erfasste ihn, so dass er vermeinte, erneut zu stürzen. Aber dann fing er sich.

Die Fulguren, die sich zuvor noch auf dieser Etage aufgehalten hatten, waren verschwunden. Entweder hatten sie sich vor dem einstürzenden Dachstuhl schnell in Sicherheit gebracht oder sie ...

Wieder zerrissen die schrecklichen Schreie irgendwo aus dem Untergeschoss die feuerknisternde Luft. Es war schwer auszumachen, welche der Frauen, sie voller Entsetzen und Furcht ausstieß.

Marie ...

Mit einem letzten Blick hinauf in die Flammen und mit der bitteren Gewissheit, dass das Haupthaus vollkommen abbrennen würde und damit auch sein Lebenswerk, schritt der Alte langsam die Treppe hinunter. Stufe um Stufe, die Mauser im Anschlag, bereit bei Gefahr sofort zu schießen.

Noch war alles ruhig. Gerade so, als ob die Außerirdischen das Haus wieder verlassen hätten. Aber dieser Eindruck konnte täuschen.

So also blieb Gergenhoff auch auf der Hut, als er den nächsten Stock und danach das Erdgeschoss erreichte. Von dort wandte er sich nach links zur Stiege, die in den Keller führte, in dem sich seine Tochter und seine Angestellten versteckten.

Wenn nicht ...

Großer Gott, stehe mir bei!

Die Holzstufen, die er vorsichtig und einzeln nahm, knarrten leise, obwohl er sich die größte Mühe gab, solche Geräusche nicht zu verursachen. Angespannt zitterte der Zeigefinger seiner rechten Hand um den Stecher, ohne natürlich den Druckpunkt auszulösen.

Schließlich stand er vor der massiven Bohlentür, holte noch einmal tief Luft, stieß sie durch die Nasenlöcher wieder aus und zog sie dann mit der Linken ganz langsam auf. Eigentlich hätte sie von innen verriegelt sein müssen.

Das schwache Tageslicht, das von oben aus der Diele bis hier herunterfiel, reichte aus, um zumindest in Umrissen das Szenario im Kellerspeicher ausmachen zu können.

Nur einen halben Meter hinter der Tür lag die erste Leiche in grotesker, völlig unnatürlicher Position. Es handelte sich um eines der jungen Stubenmädchen, grausam zugerichtet, mit zerfetzter Kehle und abgerissenen Armen. Gleich daneben dass andere, ebenfalls schrecklich entstellt. Und direkt über ihnen hing Köchin Agnes, aufgeknüpft an einem Hanfseil, vollkommen ausgeweidet und enthauptet. Ihr Kopf war hinter ihr an einem Fleischerhaken aufgespießt. Die weißen, toten Augen klagten ihr barbarisches Sterben an.

Gott im Himmel! Wie kannst du so etwas nur zulassen?

Gregor lehnte sich für ein, zwei Sekunden an den Türrahmen, da ihm seine Knie weich wurden. Aber die große Sorge um seine Tochter trieb ihn zu weiterem Handeln an.

Alle Vorsicht außer Acht lassend, betätigte er den Lichtschalter neben der Tür. Das aufflammende, grelle Licht zeigte die bislang im Zwielicht liegende Kulisse aus Tod und Gewalt in jeglichem Detail. Beinahe musste er sich übergeben.

Marie!

Keine Spur von ihr. Zumindest nicht hier im Keller.

Von Grausen geschüttelt wandte sich der Gutsherr ab und stieg langsam, aber wachsam die Stufen wieder hoch. Die Sorge um seine Tochter zerriss ihm beinahe das Herz.

Als Gregor oben in der Diele ankam, vernahm er plötzlich ein Geräusch. Instinktiv wirbelte er herum, um sein Gewehr abzufeuern, hielt jedoch im letzten Moment inne.

Vor ihm stand – Marie!

Am ganzen Leib zitternd, trotz der Kühle schweißgebadet, die Fäuste vor den Mund erhoben, so als wollte sie damit verhindern, dass ein Schrei tief aus ihrer Seele drang.

»Vater ...«, würgte sie nur hervor, bevor sie ihn heftig umarmte.

Gregor blinzelte eine Träne weg, dankte dem Herrn im Stillen dafür, dass seine allerliebste Tochter noch lebte.

Sekunden später löste er sich von ihr. »Wir müssen von hier weg!«

Schon zog der Rauch durchs ganze Haus. Die Flammen vom Dachstuhl hatten sich auch auf der zweiten Etage ausgebreitet, fraßen sich weiter über und durch Stein und Holz, bis nur noch schwarze, qualmende Trümmer von dem feudalen Gebäude übrigbleiben würden.

»Weißt du, wohin die Fulguren verschwunden sind?«

Marie schluckte, bevor sie eine Antwort geben konnte. »Nachdem sie ... im Keller ... den ich trotz deiner Anweisung gemieden habe, gewütet haben, gingen sie wieder nach draußen. Derweil habe ich mich im Dielenschrank versteckt. Es war so schrecklich, Vater, die Schreie von Agnes und ...«

»Ich weiß, Liebes. Aber jetzt geht es nur noch darum, unser eigenes Leben zu retten!«

Der Alte schlich zum Fenster hinüber und spähte vorsichtig hinaus. Der Hof sah nach wie vor wie ein Schlachtfeld aus. Niemand der Bediensteten schien den heimtückischen Überfall der Aliens überlebt zu haben. Davon zeugten die blutigen, zerfleischten und verbrannten Überreste der Menschen.

Marie trat neben ihren Vater und warf nun ihrerseits einen Blick nach draußen. Sie wurde noch bleicher, als sie ohnehin schon war, musste sich gewaltsam zusammenreißen, um nicht aufzuschreien. Niemals zuvor hatte sie so etwas Grausames gesehen.

Jäh klang ein lauter Krach auf, als hätte eine Bombe über ihnen eingeschlagen.

»Der Dachstuhl ist vollends eingestürzt«, stellte Gregor fest. »Das Feuer wird in Windeseile auch die anderen Stockwerke erfassen. Wir müssen hier raus!«

Vater und Tochter nahmen ihre bereits gepackten Bündel an sich und schlichen durch die Hintertür hinaus, vorbei an dem bereits halb brennenden Haupthaus. Nicht ohne sich vorher nach allen Seiten abzusichern, ob nicht doch noch irgendwo einer dieser außerirdischen Bestien auf sie lauerte. Aber dem war offenbar nicht so.

Gergenhoff, sein Fluchtgepäck an einem Trageriemen geschultert, umfasste das Mauser-Gewehr so fest, dass seine Fingerknöchel weiß und spitz hervortraten.

Im flackernden Schein des brennenden Gutshauses huschten die beiden einzig Überlebenden wie Schatten über den Hof, stiegen über die Leichenreste ihrer Arbeiter, zum Pferdestall hinüber.

Als sich ihre Augen an das schummrige Licht gewöhnt hatten, erkannten sie, dass die meisten Boxen leer standen. Auf einem der beiden Stallgänge lagen ausgeweidete Pferde. Darunter eine Schimmelstute, die Marie neben ihrem eigenen Reitpferd seit ihrer Kindheit ins Herz geschlossen hatte. Das Ross so elendig daliegen zu sehen, trieb ihr erneut Tränen in die Augen. In diesem Moment spürte sie einen Hass in sich aufsteigen, den sie nie zuvor gekannt hatte. Hass auf die Fulguren, die in ihr Zuhause eingedrungen waren, um Tod und Vernichtung über Mensch und Tier zu bringen. Und dann wieder verschwunden waren, wohl um anderenorts die Spur der Zerstörung weiterzuführen.

Unwillkürlich vernahmen sie aufgeregtes Schnauben aus den hinteren Boxen. Die dort stehenden Gäule spürten die Anwesenheit von ihnen vertrauten Menschen und machten sich deshalb bemerkbar.

Wie durch ein Wunder waren ihre beiden geliebten Trakehner unversehrt. Sie gehörten zur ältesten Reitpferderasse Deutschlands, benannt nach dem Hauptgestüt Trakehnen nahe der Ortschaft Trakehnen. Die Brandzeichen in Form einer doppelten Elchschaufel auf der linken Hinterhand wiesen sie als solche aus.

Marie trat ganz dicht an ihr eigenes Pferd heran, das sie Vidar getauft hatte. Der Name eines Gottes des Asen-Geschlechts und Sohn des Gottes Odin und der Riesin Grid in der nordischen Mythologie. Und wahrlich, der pechschwarze Trakehner war durch einen edlen, eleganten und dennoch muskulösen Körperbau mit schlankem Hals und kräftiger Kuppe gekennzeichnet.

Sanft streichelte die junge Frau dessen warmes, weiches Maul, um ihn ein wenig zu beruhigen. Das Pferd dankte es damit, dass es mit dem Vorderhuf aufstampfte.

Ihr Vater stand vor Magni, seinem eigenen Reitpferd. Der Name war ebenfalls altnordisch und hieß so viel wie »der Starke«.

Hastig holten die Gergenhoffs Sattel und Zaumzeug. Minuten später ritten sie aus dem Stall auf den leichenübersäten Hof hinaus, von dort über die kleine Brücke und durch die Lindenallee. Ihr Ziel war Tilsit, das früher Schalauerburg geheißen hatte. Aber schnell mussten sie in der Ferne erkennen, dass die

Fulguren auf breiter Front, mit Infanterie, schwerem Geschütz und Panzern von der ostpreußisch-litauischen Grenze anrückten. Und auch ihr Gutshof würde erneut von den Einheiten aufgesucht werden. Wahrscheinlich hatte es sich bei jenen, die den Überfall durchgeführt hatten, nur um einen Spähtrupp gehandelt.

Jedenfalls war der Weg nach Tilsit abgeschnitten. Vater und Tochter einigten sich, den noch freien Weg zu einem kleinen Dorf, zu nehmen. Es lag etwa 80 Kilometer südlich vom Gutshof entfernt. Dort hielten sich Gregors leibliche Schwester Gerda, sein Schwager Ulrich samt ihren vierzehnjährigen Zwillingsmädchen Edda und Jette zu Besuch bei ihren Großeltern väterlicherseits auf. Eigentlich wollten sie übermorgen wieder zurückkommen. Doch nun mussten sie davon abgehalten werden, damit sie nicht den Außerirdischen geradewegs in die Arme liefen.

Die Angst davor, es nicht rechtzeitig zu schaffen, verleiteten Vater und Tochter dazu, Vidar und Magni anzutreiben. Um schneller voranzukommen benutzten sie zumeist Waldwege und hartgefrorene Sumpfniederungen, die sie gut kannten, oder Rollbahnen der Wehrmacht, die beim Marsch nach Russland geschaffen worden waren.

So jagten die beiden Trakehner am Rande von breiten Flussniederungen und Moorgebieten vorbei. Das leicht gewellte Flachland und die Heiden mit den plötzlich aufsteigenden Moränenhügeln und den größtenteils versteppten Wiesen und Feldern der ostpreußischen Landschaft lagen offen vor ihnen. Ab und an gab es Höhenzüge mit verschiedenen Abdachungen, die sich von den Ufern der Flüsse erstreckten. Den Flussbetten folgten mitunter neigende schroffe Abhänge, die sie weitgehend umritten. Die zerklüfteten Bergschluchten, die sie auf zugänglichen Forstwegen durchquerten, führten kleinere, zugefrorene Bäche neben Inseln aus Bruchwäldern mit sich. Und auch die vielen Seen schimmerten in ihrer eisigen Pracht wie mit Diamanten durchsetzte Flächen.

Ab und an hörten die Reiter aus den dichten, dunklen Wäldern das Röhren von Elchen oder das Heulen von Wölfen. Hin und wieder zogen Störche über sie hinweg.

Irgendwann, nach einigen Pausen und weiterem strengem Ritt durch Schnee, Wind und Kälte, erreichten Gregor und Marie Gergenhoff schließlich ihr Ziel.

Der Name des nicht einmal 700-Seelen-Ortes, der auf dem verwitterten Schild prangte, sollte zukünftig für eines der größten Gräuel stehen, das deutschen Zivilisten angetan werden würde: *Nemmersdorf.*

DRITTES KAPITEL

Mitte Januar 1943, Ostpreußen.

Zweifellos wusste die deutsche Abwehr unter Admiral Wilhelm Canaris in diesen Tagen über die Feindaktivitäten Bescheid. Schon zu Beginn des neuen Jahres 1943 hatte sie dem Oberkommando der Wehrmacht die massiven Truppenbewegungen der Fulguren zur Grenze zwischen Ostpreußen und dem Generalbezirk Litauen gemeldet.

Dementsprechend reagierte der Führer und wies über das OKW Erich Koch, den Gauleiter und nunmaligen Reichsverteidigungskommissar von Ostpreußen an, die östliche Verteidigung der Reichsgrenze auszubauen. Dabei war allen NSDAP-Verantwortlichen sowie den Wehrmachtsbefehlshabern von vornherein klar, dass mit den wenigen Kräften, die dort zur Verfügung standen, der Sturm der Fulguren, der sich zusammengebraut hatte, keineswegs aufgehalten werden konnte.

Koch war ein Intimus und Duzfreund von Hitlers engem Vertrautem und Leiter der Parteikanzlei Martin Bormann. Ebenso der unumschränkte Herr der zivilen Verwaltung und in Personalunion Reichskommissar für das nun wieder abgefallene, aber zuvor von der Wehrmacht eroberte Reichkommissariat Ukraine. Dort hatte er einst großspurig und völlig fanatisch verkündet: »Wir sind die Herrenrasse, und wir müssen hart, aber gerecht regieren. Ich werde das Letzte aus diesem Land herauspressen. Ich bin nicht hierhergekommen, um Freude zu bringen. Die Bevölkerung muss arbeiten, arbeiten und wieder arbeiten. Wir sind bestimmt nicht hierhergekommen, um Manna zu verteilen. Wir sind hierhergekommen, um die Basis für den Sieg zu schaffen.« Und zudem: »Wir sind eine

Herrenrasse. Wir müssen immer wieder daran denken, dass der niedrigste deutsche Arbeiter rassisch und biologisch tausendmal wertvoller ist, als die Bevölkerung hier.«[1]

Annähernd wie ein preußischer Landesfürst residierte Koch, der »Herrenmensch«, gemeinsam mit seinem Gauorganisationsleiter Paul Dargel, im Stadtschloss von Königsberg. In diesen schicksalsträchtigen Tagen fiel in ihren Machtbereich die Zukunft von Millionen Zivilisten, denen die große Gefahr, in der sie schwebten, nur bedingt bekannt gemacht wurde. Die überwiegende Mehrzahl der Bevölkerung war deshalb von der trügerischen Erwartung erfüllt, die deutschen Armeen würden den Feind an den Grenzen des Reiches aufhalten. Kostete es, was es wollte. Dass diese Truppen allerdings nur noch beschränkt existierten, wurde ihnen freilich ebenso wenig mitgeteilt.

In der Folge wies der unnachgiebige und in seiner Haltung starr verhaftete Gauleiter und Reichsverteidigungskommissar alle Anträge auf Räumung gefährdeter Gebiete zurück. Er weigerte sich sogar, die Verwaltung in Ostpreußen darüber zu informieren, was im Falle des Fulguren-Angriffs geschehen sollte. Dabei wusste er genau, dass ein Einbruch feindlicher Truppen in deutschbewohnte Landstriche unerträgliche Leiden für die Zivilbevölkerung bedeuten würde. Und auch, dass Flucht oder Evakuierung der Bevölkerung die einzige Möglichkeit ihres Überlebens war. Doch dem Führerbefehl verpflichtet, sowie der krassen Fehleinschätzung geschuldet, befasste sich die Königsberger Provinzverwaltung keineswegs mit der Ausarbeitung von Plänen zur Rettung von Frauen und Kindern, sondern vielmehr mit aberwitzigen und unmenschlichen Maßnahmen. Etwa Maschinen und industriellen Anlagen, Warenlager und natürlich eigene Pfründe des Oberpräsidiums in Sicherheit zu bringen.

Unter dem Stichwort »Zitronenfalter« ließ Kochs Provinzregierung durch Amtspersonen Briefe an Betriebsführer großer und mittlerer Industrieunternehmen und Handelsbetriebe aushändigen, die sie dazu aufforderten, unverzüglich die wichtigsten Maschinen und Vorräte durch Zwangsarbeiter auf Züge und LKW zu verladen. Allerdings gab es zu diesem Zeit-

---

[1] Zitiert nach: Guido Knopp: *Die große Flucht - Das Schicksal der Vertriebenen*, München 2001, S. 33

punkt weder genügend Güterfahrzeuge noch Güterwaggons und auch kein ausreichendes »Fremd-Menschen-Material«, wie sich ein SS-Offizier ausdrückte, um diese Arbeiten zu verrichten.

Gleichzeitig bekundeten Koch und Dargel öffentlich, dass jede Vorbereitung einer Räumung für den Fall der unmittelbaren Feindgefahr verboten war! Jenen, die es dennoch versuchten, drohte ein Verfahren wegen Defätismus vor einem Sondergericht. Schließlich durfte im Bewusstsein des Nationalsozialismus weder Mutlosigkeit, Schwarzseherei noch die Überzeugung geduldet werden, es würde keine Aussicht auf einen Sieg bestehen. Die Neigung zum Aufgeben, zur Kapitulation wurde von der Obrigkeit strengstens bekämpft.

Vielmehr erklärte Koch öffentlich: »Kein echter Deutscher darf auch nur daran denken, dass Ostpreußen in außerirdische Hände fällt.«[1]

Deshalb blieb ein Befehl für die Räumung der bedrohten Gebiete aus. Und so konnte sich die Zivilbevölkerung nicht mehr rechtzeitig mit Personenzügen und Wagen nach Westen absetzen.

Der Gauleiter und Reichsverteidigungskommissar von Ostpreußen ordnete zudem eine militärisch völlig sinnlose Maßnahme an: Das drei Millionen-Heer der Fulguren, das in 200 Divisionen untergliedert war, sollte mit der Schaffung von Gräben und Schützenlöchern aufgehalten werden!

Dementsprechend wurden Zehntausende, vor allem Greise und Knaben, abkommandiert, diese Schwerstarbeit bei widrigen Witterungsbedingungen zu verrichten. Bei Tag- und Nachtschichten schaufelten sie sich nur mit Hacken und Schaufeln ausgestattet durch Schnee und Eis. So entstanden Schutzstellungen auf aufgehäuften Erdhügeln sowie sieben Meter tiefe Panzergräben, in denen die feindlichen Panzer hineinrollen und sich überschlagen sollten.

Aber auch Hitler ordnete eine verzweifelte Maßnahme an, um das Kriegsgeschick im Osten doch noch einmal zu wenden. So befahl er höchstpersönlich die Bildung eines »Volkssturms«, zu dem alle Männer vom 16. bis zum 65. Jahr eingezogen wurden. Das betraf insbesondere all jene, die bislang vom

[1] Zitiert nach: Günter Böddeker: Die Flüchtlinge – die Vertreibung der Deutschen im Osten, München/Berlin 1995, S. 17 (das Wort »russische« wurde in diesem Roman durch »außerirdische« ersetzt

Wehrdienst befreit worden waren, weil sie entweder eine mangelnde Tauglichkeit aufwiesen oder kriegswichtige Arbeiten verrichtet hatten. Diese »letzte Legion«, wie manch einer spöttisch und entmutigt unkte, sollte also das größte Heer, das die Welt bis dahin gesehen hatte, aufhalten. Welch eine Fehleinschätzung!

Gauleiter Erich Koch höchstpersönlich überwachte die Einberufung der »Letzten der Letzten« und lieferte somit 1.750.000 Ostpreußen dem Zugriff des Feindes aus.

Derweil standen die Fulguren bereits in den ersten Dörfern der ostpreußischen Grenzkreise.

Infolgedessen formierten sich in aller Eile Trecks mit Flüchtlingen, um sich Richtung Westen abzusetzen. Und damit mitten hinein ins Verderben.

Heydekrug, Tilsit und Gumbinnen, Ostpreußen.

Bereits kurz nach dem verheerenden Angriff der Fulguren war die mit Ersatz und Waffen aufgefüllte Panzergrenadier-Division »Großdeutschland« nach Ostpreußen verlegt worden, um dort die Front zu verstärken. Nach der, aufgrund des Führerbefehls freiwilligen Rücknahme der Front in Russland und damit auch der zur Heeresgruppe Berlin vereinten Großverbände, lag »Großdeutschland« in Verteidigungsstellung im nördlichen Ostpreußen, um sich gegen die Offensive der Fulguren zu stemmen. Genauer im Memelland am Kurischen Haff.

Ursprünglich hätte sich die Panzergrenadier-Division mit der anrückenden HG Berlin ebenfalls zusammenschließen sollen. Doch angesichts der neuen Frontlage war das OKW von diesem Vorhaben abgerückt. Stattdessen sollte »GD« an ihrem Standort verbleiben, um wenigstens zu versuchen, den Vormarsch des Feindes zu verlangsamen. Einhalt gebieten konnte sie ihm aufgrund der riesigen Übermacht ohnehin nicht. Vielmehr gab es die Hoffnung, dass die HG Berlin noch rechtzeitig am ostpreußischen Frontabschnitt eintraf, um »GD« aus dem Feuer zu holen. Geschah das nicht, wäre die Division dem Untergang geweiht.

Zweifellos besaß »Großdeutschland« unter Generalmajor Walter Hörnlein einen Elite-Status. Sie war aus rund 21.000 der besten Offiziere und Mannschaften des gesamten Reichsgebietes zusammengesetzt. Allesamt hervorragend ausgebildet und kampfkräftig. Einige von ihnen bildeten sogar das Führer-Begleit-Bataillon, Hitlers persönliche Eskorte. Das Divisionseigene Panzer-Bataillon, die Panzer-Abteilung »GD«, wiederum wurde aus vier Panzer-Kompanien gebildet. Zusätzlich aufgefrischt wurden die Divisionsteile zudem mit der Sturmgeschütz-Abteilung, bestehend aus drei Kompanien mit Sturmgeschützen und dem Kradschützen-Bataillon mit fünf Kompanien, einschließlich einer Panzerspähwagen- und einer leichten Schützenpanzerwagen-Kompanie. Dazu kamen noch die 3. Panzer-Pionier-Kompanie mit leichten Schützenpanzerwagen und schweren Raketenwerfern auf Schützenpanzerwagen sowie Flak-Einheiten und weitere Versorgungsdienste.

Um den Elitestatus des Verbandes hervorzuheben, trug »GD« spezielle Abzeichen, wie etwa ein Schriftzug, der in Sütterlinschrift das Wort Großdeutschland abbildete, getragen als Ärmelstreifen. Oder das Sonderzeichen eine sich verflechtenden GD, das auf den Schulterklappen befestigt war. Selbst die Divisionsfahrzeuge waren mit einem Verbandsabzeichen gekennzeichnet. Und zwar einem seitlich gezeigten weißen Stahlhelm mit der Blickrichtung von rechts nach links.

Bis Mitte Januar 1943 waren die Fulguren im Mittelabschnitt der einstigen deutsch-sowjetischen Ostfront viele hunderte Kilometer nach Westen vorgedrungen und hatten verschiedene militärische Stellung auf feindlichem Territorium errichtet. Eine der Maßgeblichen war der sogenannte Kurland-Brückenkopf westlich von Riga.

In diesen Tagen standen die Greys jedoch noch weiter im Feindesland, nämlich vor der nordöstlichsten Reichsgrenze. Die Spitzen der von ihnen erbeuteten Sowjet-Panzer tauchten vor Heydekrug und Tilsit auf, gefolgt von einer Vorausabteilung des Fulguren-Heeres. So kam es zwangsläufig zur ersten Konfrontation mit den dort liegenden Verbänden der Division »Großdeutschland«. Später würde die mörderische Schlacht als »Stahlbad« von Heydekrug und Tilsit in die Geschichtsbücher eingehen.

Generalmajor Walter Hörnlein stellte sich mit rund 115, ihm zur Verfügung stehenden Kampfpanzern und damit etwa der Hälfte seiner Panzerstreitmacht, die an diesem Abschnitt lagen, den feindlichen mechanisierten Stoßkräften entgegen. Zusammenwirkend mit Infanterieeinheiten. Nach zähem und verbissenem Ringen konnten die gut ausgebildeten deutschen Verbände die Vorausabteilung der Fulguren vernichtend schlagen und eroberten sogar einige zuvor von ihnen besetzten Dörfer wieder zurück. Die eigenen Verluste beliefen sich auf 2.000 Mannschaften, 30 Panzer und 40 Geschütze. Die des Gegners lagen etwa doppelt so hoch.

Selbstverständlich war Hörnlein und seinem Stab bewusst, dass das nur ein Pyrrhussieg war, ein teuer erkaufter Teilerfolg. Mehr nicht. Dennoch hofften sie weiter, dass sie sich damit genügend Zeit verschafft hatten, bis die Heeresgruppe Berlin in diesem Frontabschnitt eintraf.

Die mechanisierte Aufklärungstruppe »Großdeutschlands«, ausgestattet mit Spähpanzern und Schützenpanzerwagen, die für die bodengebundene Aufklärung im Einsatzraum der übergeordneten Division zuständig war, meldete jedoch Beunruhigendes. Die Hauptstreitkräfte der Fulguren waren südlich von Tilsit, genauer im Landkreis Schloßberg eingebrochen und rückten nun weiter nach Gumbinnen am Zusammenfluss der Flüsse Pissa und Rominte vor. Rund 100 Kilometer östlich von Königsberg. Dabei waren sie auf die dort liegende anderen Truppenteile der Panzergrenadier-Division »Großdeutschland« gestoßen, die auf dem Frontabschnitt Heydekrug, Tilsit, Schloßberg aufgefächert war.

Die Offensive der Greys brach mit so ungeheurer Wucht gegen die deutschen Einheiten los, dass diese nicht die geringste Aussicht hatten, den Sturm abzuwehren geschweige denn zurückschlagen zu können. Das feindliche Trommelfeuer war derart massiv, dass Teile der Abwehrstellung bereits in kürzester Zeit zerstört wurden. In wilder Verzweiflung feuerten die Sturmgeschützabteilungen, was das Zeug hielt. Die Rohre glühten und dennoch wurden sie von der zahlenmäßig weit überlegenen Feindartillerie, die genauso wie die Panzer zuvor von den Sowjets erobert worden waren, regelrecht in Stücke geschossen.

Ohne weiteren Widerstand zu finden, brachen die Fulguren an den zerschlagenen Stellungsteilen nicht nur ein, sondern auch hindurch.

Selbst als Generalmajor Hörnlein vom Norden her einzelne Divisionseinheiten zu den schnell zersplitterten Frontlücken warf, um diese zu stopfen, war das nicht mehr als der sprichwörtliche Tropfen auf den heißen Stein.

Schließlich erfolgte ebenso aus dieser Richtung ein zweiter Fulguren-Vorstoß auf die jetzt wie bei einem Puzzle aufgeteilten Rest-Einheiten der deutschen Elite-Division. Diesem konnten die tapfer kämpfenden Mannschaften der Wehrmacht nicht lange standhalten.

Zwar versuchten die aufgesplitterten Panzerkampfgruppen, mit insgesamt noch 180 verbliebenen Panzerkampfwagen IV, bewaffnet mit den äußerst effektiven 7,5-cm-Kampfwagenkanonen, mit ungeheurem Schwung in dicht gestaffelten Formationen der Angreifer einzubrechen. Doch schon beim ersten Versuch wurden sie von den, inzwischen aufgefüllten schweren gegnerischen Panzerverbänden in die Zange genommen und aufgerieben. So blieb den Deutschen nichts anderes übrig, als die Hauptkampflinie vollends aufzulösen und in südöstlicher Richtung hinter Gumbinnen zurückzuweichen.

Nördlich und südlich der Verteidigungslinie zeigte sich das gleiche Bild. Eine Abwehrfront im eigentlichen Sinne existierte nicht mehr.

Die Hoffnung auf das rechtzeitige Eintreffen der Heeresgruppe Berlin zerrann genauso wie das Tausendfache menschliche Leben. Natürlich erlitten auch die Greys Verluste. Allerdings spielten diese in ihrem Millionenheer keine große Rolle, wurden sie doch sogleich wieder aufgefüllt. Ganz im Gegensatz zu der einzelnen Division »Großdeutschland.« und den angegliederten Truppenteilen.

In Gumbinnen hatten zuvor schon die Einwohner, Freiwilligen und Angehörigen des, vor kurzem ausgerufenen Volkssturms sowie der Hitlerjugend einen breiten Riegel aus Panzergräben, Schützenlöchern, Schutzstellungen und Drahthindernissen errichtet. Genauso wie es der Gauleiter und ostpreußische Reichsverteidigungskommissar und sein Gauorganisationsleiter angeordnet hatten. Doch auch diese Sperrriegel bildeten gegenüber der feindlichen Übermacht aus Infanteristen, Artillerie und Panzerrudeln mitnichten einen ausreichenden Schutz.

Die Panzer der Fulguren überwanden die Panzergräben, um gleich darauf die sinnlos errichteten Abwehrwälle zu zermalmen. Danach überrannte die Infanterie die Schutzstellungen innerhalb weniger Minuten, auch wenn mit einigen Verlusten. Aber das Zahlenverhältnis der Verteidiger gegenüber den Angreifern war so hoch, dass es mathematisch nicht ins Gewicht fiel.

Die Greise im Volkssturm und die Jungen in der Hitlerjugend verbluteten und verbrannten in ihren Schützenlöchern. Ohnehin war ihre Zahl gering. Eigentlich besaß die Zivilbevölkerung kaum noch männlichen Beistand, was wiederum zu Hilflosigkeit und großem Leiden führte.

Aufgrund der kurzen, aber schweren Kämpfe wurde der kleine Ort Gumbinnen mit seinen gerade mal 2.000 Einwohnern sprichwörtlich dem Erdboden gleichgemacht. Überlebende Landser der zurückweichenden restlichen Truppenteile der Panzergrenadierdivision »GD« berichteten später von ihren Beobachtungen, wie die Außerirdischen jedes einzelne Haus in dem kleinen Ort nach Kindern durchsuchten. Wenn sie Jungen oder Mädchen unter vierzehn Jahren gefunden hatten, verfrachteten sie diese auf LKW. Ihr weiteres Schicksal blieb ungewiss.

Letztlich standen in diesen Stunden die Fulguren schon in den Dörfern der nordöstlich gelegenen Grenzkreisen. Ihr Heer rückte breitflächig weiter nach Westen vor, drückte mit vielfacher Überlegenheit die deutsche Front vollends ein, zerschmetterte sämtliche Verteidigungsstellungen und zerschlug die wenigen Wehrmachtseinheiten, die sich ihm entgegenstellte. Somit hatten die Angreifer der gesamten Frontlinie im nördlichen Ostpreußen einen gewaltigen Schlag versetzt.

Mitunter verließen die Menschen ihre Häuser erst, wenn schon Granaten aus den feindlichen Panzerkanonen und Geschützen in ihren Dachstühlen und Vorgärten explodierten. Erst dann begriffen sie den Ernst der Lage, ganz gleich, was ihnen Parteifunktionäre der NSDAP zuvor für Lügenmärchen erzählt hatten.

Von Gauleiter und Konsorten verraten, brachen sie in Eile und Panik auf, um mit langen Trecks nach Westen zu ziehen. Auf den Straßen herrschte Chaos, das daraus resultierte, dass niemand wusste, auf welchen Wegen man sich in Sicherheit bringen sollte.

Letztlich stürzten sich die Zivilisten, überwiegend Frauen, alte Männer und Kinder, die noch nicht von den Aliens geholt worden waren, in schreckliches Unheil. Denn Schutz und Sicherheit gab es für sie so gut wie nirgends mehr.

Seit die beinahe endlos scheinende Kolonne der Heeresgruppe Berlin über die Grenze zwischen dem Generalbezirk Litauen zur Provinz Ostpreußen gerollt war, wurden die Soldaten und Zivilsten mit den immer gleichen abnormen Gräueln konfrontiert. Der Anblick, der sich ihnen bot, und der sich nicht nur von Dorf zu Dorf, von Straße zu Straße und von Haus zu Haus wiederholte, sondern insbesondere auf den Wegen außerhalb der Ortschaften Richtung Westen, war an Grausamkeit kaum zu überbieten.

Überall lagen von Panzerketten zermalmte und von Geschossen zerfetzte Menschenkörper und Pferdekadaver herum, deren Blut den Schnee und das Eis rot färbte. Fast ausnahmslos gehörten sie Alten und Frauen. Die wehrfähigen Männer kämpften zumeist an den verschiedensten Fronten gegen die neuen Feinde.

Unter den Leichnamen befanden sich nur wenige Kinder und Säuglinge. Ihre bleichen Gesichtchen waren in der Winterkälte in Schmerz und Leid eingefroren. Mahnmale unbändigen Schreckens und eines qualvollen Todes. Die aufgefundenen Kleinen jedenfalls mussten für die Fulguren entweder zu krank oder schon tot gewesen sein, deshalb waren sie von ihnen wie nutzloser Müll einfach liegengelassen worden. Inzwischen war bekannt, dass die Außerirdischen Buben und Mädchen lebend entführten, sie vielleicht in ihre Raumschiffe oder an ganz andere, eventuell sogar vorbestimmte Ort auf der Erde brachten. Wo diese lagen und weshalb das so war, konnte niemand sagen.

Völlig zerstörte Fuhrwerke und Berge von Gepäck säumten die Straßengräben und Wege.

Das angerichtete Chaos rührte von den Beutepanzern der Greys an, die rücksichtslos die Trecks der Flüchtlinge überrollt und zersprengt hatten. Ebenso von Artilleriegeschützen, die wahllos in die Flüchtlingsströme hineingeschossen hatten.

48

Diejenigen Zivilisten, die vergeblich hinter ihren Wagen Deckung gesucht hatten, waren zerfetzt, von prasselnden Granatsplittern getötet oder schwer verwundet worden. Hinzu kamen die schwarzen, längst gefrorenen Schlackehaufen, als Überbleibsel der sterblichen Überreste, verursacht durch die fremden Energiewaffen. Nicht zu vergessen die erschöpften und völlig unterkühlten Menschen, die einfach am Straßenrand liegen blieben. Vor allem die Schwächsten der Schwachen, sich selbst und die Welt aufgebend.

Das Infanterieregiment 534, 384. Infanteriedivision, VIII. Armeekorps der 6. Armee war zuständig für die Zuführung dieser Zivilisten in den Flüchtlingszug der HG Berlin. Auf den entsprechenden LKW kümmerten sich Armeeärzte und Sanitäter um sie, so gut es eben ging.

Anastasia half auf dem Lastwagen, auf dem sie sich seit ihrer Flucht aus Stalingrad befand, einer weißhaarigen, faltenzerfurchten Greisin, deren linkes Bein von dem Rad eines Fuhrwerks abgetrennt und nun notdürftig desinfiziert und abgebunden worden war.

Max Steiner, Julius Hedrich, Werner Küssling, Heiko Schindler und selbst der ansonsten so herrschsüchtig auftretende Leutnant Wolff war angesichts der vielen deutschen Leichen, überwiegend von Frauen und Greisen, tief bestürzt. Gewiss, der Russlandfeldzug hatte ihnen jegliche Gräueltaten, die ein Krieg anrichten konnte, auf beiden Seiten gezeigt. Aber diese regelrecht abgeschlachteten Zivilisten sehen zu müssen war nur schwer zu verkraften. Selbst für den härtesten Landser. Ein Vorgeschmack auf das, was die Menschheit in Bezug auf die Gefahr aus dem All wirklich zu erwarten hatte.

Nur wenige Tage zuvor schien der Krieg in Ostpreußen noch fern. Weitab von allen Fronten wirkte die »Kornkammer Deutschlands« wie eine Insel des Friedens. Doch damit war es seit dem blitzartigen Einfall der barbarischen Außerirdischen vorbei. Das Land des Bernsteins, der dunklen Wälder und kristallenen Seen, des hohen Himmels und der vielen Störche, hatte sich in eine Blutmühle verwandelt. Erstmals in diesem Krieg spielten sich Kampfhandlungen auf preußischem Boden ab, auch wenn der Feind längst nicht mehr der Russe oder die Anglo-Amerikaner waren. Die sich bereits angebahnte Kata-

strophe zwischen Memel und Weichsel war nicht mehr aufzuhalten.

Als Generalfeldmarschall Erich von Manstein und seine be-
ratenden Offiziere im Stab der riesigen Heeresgruppe, Generalfeldmarschall Günther von Kluge und Generalfeldmarschall Georg von Küchler von der vorauseilenden Aufklärungstruppe gemeldet wurde, dass die Panzergrenadier-Division »Großdeutschland« beinahe vollständig aufgerieben worden war und nur noch einzelne Kampfgruppen existierten,
war ihnen klar, dass das OKW die Elite-Truppe geopfert hatte.
Daran Mitschuld war Manstein selbst, der es nicht geschafft
hatte, rechtzeitig mit der HG Berlin dazu zu stoßen, um den
Großangriff der Außerirdischen abzuwehren. Jedenfalls wurden die verstreuten GD-Einheiten ebenfalls in die HG eingegliedert. Wie durch ein Wunder hatte sogar Generalmajor
Walter Hörnlein den Sturm der Fulguren überlebt.

Insgesamt war die Lage in der ostpreußischen Provinz katastrophal. Der Feind stieß in breiter Front immer weiter von Osten nach Westen vor, dabei allen Orts Tod und Zerstörung hin-
terlassend. Und der HG Berlin gelang es aufgrund des Vor-
sprunges von einigen Tagen nicht, das Fulguren-Heer aus dem
rückwärtigen Raum nachrückend zu stellen.

Weder Manstein noch sein Generalstab konnten ahnen, dass
dafür auch ein hochrangiger Offizier in den eigenen Reihen
verantwortlich war. Und zwar Generalmajor Claus von Lüttwitz, der nach dem mysteriösen Verschwinden Generaloberst
Friedrich Paulus den Befehl über die, der HG Berlin angegliederten 6. Armee innehatte. Er selbst war Zeuge davon gewesen, wie sein einstiger Vorgesetzter bei einem Folterverhör der
Fulguren auf einem ihrer Raumschiffe starb, auf das sie beide
entführt worden waren. Doch daran hatte Lüttwitz keine Erinnerung mehr. Genauso wenig an den Umstand, dass man ihm
ein Gehirnimplantat eingesetzt hatte, mit dem ihn die Außerirdischen mental steuern und kontrollieren konnten. So gab er
sämtliche Entscheidungen des Generalstabs, von denen er erfuhr, unbewusst auf telepathischem Wege an die Fulguren
weiter, die so jederzeit über die einzelnen Schritte der HG Berlin informiert waren. Kein Wunder also, dass die Greys sich
bislang einer Konfrontation entziehen konnten, die sie selbst

nicht anstrebten. Denn in der Hauptstadt des Deutschen Reiches sollte die Entscheidungsschlacht stattfinden.

Der nächste Ort, der in Marschrichtung von Mansteins Heeresgruppe lag, war Nemmersdorf. Dort gab es in weitem Umkreis die einzige für Panzer befahrbare Betonbrücke über die Angerapp, eine altpreußische Bezeichnung für »Aalfluss.« Deshalb besaß das Dorf mit nicht einmal 700 Einwohnern eine strategische Schlüsselrolle.

Die Befürchtung bestand, dass die Fulguren diese strategisch wichtige Brücke zerstört hatten. Dann müssten die deutschen Einheiten einen Umweg flussabwärts nach Sabadschuhnen oder flussaufwärts nach Darkehmen machen, was wiederum Zeit kosten und angesichts der Gefahr, in der sich die Vertriebenen befanden, eine neue Katastrophe bedeuten würde.

Max Steiner saß auf dem Beifahrersitz eines der Opel-Blitz-LKW, der in gewohnter Weise von Küssling gesteuert wurde. Als er den halbzugeschneiten Wegweiser nach Nemmersdorf sah, meinte er: »Weißt du, was der Ortsname eigentlich heißt, Werner?«

»Keine Ahnung. Muss man das wissen?«

»Normalerweise nicht, aber einer meiner Onkels, der aus dieser Gegend stammt, hat es mir als Kind einmal verraten. Und da es mich damals ziemlich beeindruckt hat, habe ich es auch niemals wieder vergessen.«

»Dann mal raus mit der Sprache, Max!«

»Nemmersdorf ist aus dem prußischen *Nemiršele* abgeleitet.«

»Das hört sich alles andere als deutsch an.«

»Wie auch immer, es heißt *Sumpf-Vergissmeinnicht.*«

Küssling schaltete einen Gang herunter, weil vor ihm eine scharfe Kurve auftauchte. Die Straße war nach wie vor von Eis und Schnee bedeckt und nur notdürftig von den vorausfahrenden Räumfahrzeugen gebahnt worden. Nach dem Dorffriedhof, der rechter Hand von ihnen lag, ging es über die Brücke in das Dorf hinein.

»Sumpf-Vergissmeinnicht? Worauf soll sich das denn beziehen?«

Steiner rümpfte die Nase. »Natürlich auf die Sümpfe in der Umgebung.«

Tatsächlich gab es in Ostpreußen neben dem Flach- und Hügelland, den Wiesen, Heiden und Wäldern auch breite Flussniederungen und Moorgebiete.

Küssling wollte etwas Sarkastisches darauf erwidern, doch die Worte blieben ihm buchstäblich im Halse stecken.

Und Steiner entfuhr nur ein: »Oh, mein Gott!«

VIERTES KAPITEL

Nemmersdorf, Landkreis Gumbinnen im Regierungsbezirk Gumbinnen, einige Stunden zuvor.

Trotz der Eiseskälte waren die beiden Trakehner Magni und Vidar in Schweiß gebadet, als sie Nemmersdorf erreichten. Die 80 Kilometer vom Gutshof unweit von Tilsit bis hierher hatten die Reiter mit nur zwei kurzen Ruhepausen hinter sich gebracht. Gregor und Marie Gergenhoff hingegen schlotterten obgleich ihrer dicken Winterkleidung vor Kälte, der sie auf den Pferderücken, schon seit Stunden ausgesetzt waren. Jetzt endlich zeigte sich Erleichterung in ihren eisstarren Gesichtern.

Die schmale Dorfstraße, vorbei an einem Dutzend Häuser, machte irgendwann einmal einen scharfen Knick nach links. Fast am Ende, Richtung Darkehmen und kurz vor dem Behelfsbunker, der noch einige hundert Meter vor dem Gut Rothgänger lag, verhielten die Trakehner aufgrund der annehmenden Zügel der erfahrenen Reiter schnaubend vor einem Wohnhaus.

Kaum waren sie abgestiegen, stürmten auch schon Edda und Jette aus der Haustüre. Die beiden vierzehnjährigen eineiigen Zwillingsmädchen jauchzten vor Vergnügen, den Großvater und die Tante zu sehen. Sie waren für ihr Alter hochgewachsen, mit kupferfarbenen, zu seitlichen Zöpfen gebundenen Haaren und hübschen sommersprossigen Gesichtern. Sie sahen sich so ähnlich, dass selbst ihre Eltern sie nicht nur einmal verwechselten. Hatten sie etwas Freches angestellt, bekamen deshalb gleich beide Gören Dresche, damit es ja die Richtige erwischte.

Hinter den Mädchen tauchte Johann Jonescheit auf, der Vater von Ulrich, dem Ehegatten von Gregors Schwester Gerda. Er war etwa im selben Alter wie der Gutsbesitzer, kam aber viel schlechter daher. Das lag daran, dass er aus dem Ersten Weltkrieg eine Beinverletzung davongetragen hatte. Vom 14. August bis 15. September 1914 hatte er als Offizier in der deutschen 8. Armee dienend, den Versuch der Invasion Ostpreußens durch die Kaiserlich Russische Armee in den Schlachten bei Tannenberg und an den Masurischen Seen zu vereiteln. Darauf war er bis heute stolz und erzählte immer wieder, dass es wert gewesen war, sich dafür vom Iwan das Bein »kaputt schießen« zu lassen. Auch wenn letztlich der Krieg verloren ging.

Johann Jonescheit war mittelgroß und füllig von Statur. Zu dem grauen Haar trug er einen struppigen aber dennoch sauber gestutzten Vollbart, der ihm das Aussehen eines Seehundes verlieh. Er begrüßte die beiden Ankommenden völlig überrascht. Er hatte nicht damit gerechnet, dass sie den Weg von Tilsit hierher auf sich nehmen würden. Zumal Ulrich und Gerda ohnehin morgen dorthin aufbrechen wollten.

»Ich erzähle alles drinnen«, meinte Gregor auf dessen diesbezügliche Frage kurzangebunden. Der Ritt hatte ihn doch mehr angestrengt, als er zugeben mochte. Er war eben nicht mehr der Jüngste. Ganz im Gegensatz zu seiner Tochter, die trotz der Strapazen frisch und ausgeruht wie eh und je wirkte.

Johann nickte und führte die beiden Pferde in den Stall, wo sie Unterschlupf und Schutz vor den eisigen Temperaturen und ausreichend Hafer, Mais und Gerste fanden, um sich nach dem anstrengenden Ritt zu stärken.

Währenddessen gingen Gregor, seine Tochter und seine Enkelinnen in das Haus hinein. Dort wurden sie von Christa Jonescheit, Johanns Frau, sowie Gerda und Ulrich, die Eltern der Zwillinge, begrüßt. Auch in ihren Gesichtern stand große Verwunderung über ihr völlig unerwartetes Kommen.

Hier drinnen, in der mit einem Holzofen beheizten, behaglichen Wohnstube, roch es nach Ostpreußischer Glumstorte, gebacken aus Butter, Eigelb, Zucker, Weichweizengrieß, Magerquark und Zitrone. Schon fast eine Edel-Delikatesse in Zeiten des Krieges und doch hatten ihre Verwandten eine solche zum Kaffee aufgetischt.

Als Johann, aus dem Stall kommend, sich ebenso an den gedeckten Tisch setzte, berichtete Gregor von den zurücklegenden Ereignissen. Und davon, dass sie schnellstens von hier Richtung Westen fortmussten. Sie hätten den Feind umritten, waren ihm aber nur wenige Stunden voraus. Spätestens bis zum Abend, würde das fremde Heer hier sein.

Jonescheit hatte die ganze Zeit über stumm zugehört. Als Gregor geendet hatte, setzte er sich aus seiner bislang altersgebeugten Haltung gezwungenermaßen stockgerade auf.

»Du willst uns also sagen, dass nicht die Iwans über die Grenze nach Ostpreußen marschiert sind, sondern irgendwelche Fremden aus dem ... dem Weltall?«

»Genauso ist es, Johann.«

»Weißt du eigentlich, wie völlig meschugge sich das anhört? Ich habe mir nicht mein linkes Bein in Tannenberg zerschießen lassen, nur um mir jetzt einen solchen Mumpitz anzuhören ...«

»Es ist die Wahrheit!« Maries Worte klangen so laut auf wie ein Schrei. Sämtliche in der Stube Anwesenden zuckten unwillkürlich zusammen. Für das, was sie nachfolgend zu sagen hatte, hielt sie Edda, die neben ihr saß, die Ohren zu. In weiser Voraussicht tat Ulrich dasselbe bei Jette.

»Wir haben unsere Bediensteten sterben sehen! Zerfetzt und zerfleischt von diesen grässlichen Ungeheuern!« Bei der Erinnerung an das zurückliegende Grauen zitterte die hübsche junge Frau plötzlich wie Espenlaub. »Die Fulguren haben unseren Hof überfallen und niemandem am Leben gelassen. Nur mit viel Glück ist Vater und mir die Flucht gelungen.«

»Selbst Goebbels hat bei einer morgendlichen Rede im Berliner Sportpalast darüber gesprochen«, ergänzte Gergenhoff die eindringlichen Worte seiner Tochter. »Er bezeichnete die Angreifer vom Himmel, die Außerirdischen, wie er sich ausdrückte, als Fulguren. Habt ihr denn keinen Volksempfänger?«

»Natürlich, aber diese Rede habe ich verpasst ...«

»Und dennoch ist sie so gehalten worden. Oder willst du den Reichspropagandaminister etwa als Lügner hinstellen?«

Tiefe Bestürzung stand jetzt im faltenzerfurchten Gesicht Jonescheits. Man konnte ihm förmlich ansehen, dass sich die verschiedensten Gedanken hinter seiner Stirn jagten. »Aber ich verstehe das alles nicht ...«

»Auch für uns übersteigt das, was Goebbels gesagt hat, jegliche Vorstellung. Bis wir diese Fulguren selbst zu Gesicht bekamen und miterleben mussten, wie barbarisch sie wüteten ...« Jetzt löste Marie ihre Hände von Eddas Ohren. Und gleichermaßen lauschte Jette wieder aufmerksam zu, allerdings ohne sich einen Reim auf das machen zu können, was die Erwachsenen erzählten.

»Wir sollten auf Gregor und Marie hören!« Christa Jonescheit, eine resolute, beleibte Frau mit Haaren so dünn und trocken wie Stroh, ließ keinen Zweifel an ihrer Meinung.

Gerda, Gregors Schwester, die in einem bereits fortgeschrittenen und daher ziemlich bedenklichen Alter ihre Zwillinge bekommen hatte, schloss sich ihr an. Sie hatte mit ihrem Bruder nicht viel gemein, war eher ein hässliches Entlein, ohne wirklich unattraktiv zu sein. Vielleicht traf *unscheinbar* besser zu. Eine untersetzte Frau, die sich mit ihrem brünetten Haar und dem langen Pferdegesicht mit allerdings faszinierenden dunklen Augen, durch eine Gruppe Männer bewegen konnte, ohne auch nur einen einzigen begehrlichen Blick zu ernten.

Ihr Ehegatte Ulrich ähnelte ihr irgendwie im Aussehen, sofern man das bezüglich eines männlichen und weiblichen Antlitzes überhaupt feststellen konnte. Nur, dass sein Konterfei eher rund, statt lang, seine Statur groß und schlank und das kurze Haar schwarz schimmerte. Seine Freunde frotzelten ihn damit, dass er gewiss kein Deutscher und gleich gar kein Preuße, sondern wohl ein Italiener sei. Trotz mancher dieser Unterschiede zwischen ihm und seiner Gemahlin wiesen ihre Gesichtszüge dieselben Schwünge auf, als wären sie Inzuchtgeburten.

»Ist das wirklich euer Ernst«, begehrte Ulrich auf. »Ihr kommt den ganzen beschwerlichen Weg hierher geritten, um uns vor irgendwelchen Fremden aus dem Weltall zu warnen!« Er lachte glucksend auf. »Ist euch vielleicht der selbst gebrannte Meschkinnes auf dem Gutshof zu Kopf gestiegen?«

Damit war die ostpreußische Spezialität des »Bärenfangs« gemeint, ein Honigschnaps aus hochprozentigem Alkohol und Honig, dazu Zimt, Vanille, Nelke und ein Schuss Wasser.

Jetzt schmetterte Gregor seine Faust so hart auf die Tischplatte, dass die Zwillingsmädchen vor Schreck zu weinen anfingen. Gerda hatte alle Hände voll zu tun, sie wieder zu beruhigen.

»Das ist kein Spaß, Ulrich, sondern tödlicher Ernst!«

Abgesehen vom leisen Schluchzen der Kinder herrschte in der Wohnstube für Sekunden, die wie Minuten anmuteten, tiefes Schweigen.

Dann sprach Johann Jonescheit ein Machtwort. »Auch wenn es mir und gegen meine anfängliche Vermutung, verdammt noch mal mehr als schwerfällt, glaube ich Gregor und Marie.« Er wandte sich an seine Frau. »Pack das Nötigste zusammen Ulrich und Gerda, die morgen früh ohnehin aufbrechen wollten, habe das bereits getan.«

»Danke, Onkelchen«, meinte Marie erleichtert. »Wir sollten tatsächlich nicht lange zuwarten und auch die anderen Einwohner von Nemmersdorf warnen.« Sie machte eine kurze Pause. »Allerdings sind unsere Trakehner ziemlich erschöpft.«

»Ich gebe euch zwei ausgeruhte Pferde aus dem Stall«, entschied Johann. »Eure eigenen Reittiere könnt ihr an den Leinen mitführen. Ohne Belastung durch die Reiter werden sie das schon schaffen.«

Selbst Ulrich hatte nicht mehr den Mumm, seinem Vater zu widersprechen. Eiligst wurde getan, was gesagt. Ebenso zogen sie allesamt doppelte Kleidung übereinander, um den eisigen Temperaturen, denen sie ausgesetzt sein würden, wenigstens halbwegs zu trotzen.

Es wurde höchste Zeit. Dennoch teilten sie sich noch auf, um die Nachbarn zu warnen. Dabei erwähnten sie kein Wort von den Außerirdischen, weil man ihnen dann wahrscheinlich nicht geglaubt hätte. Vielmehr erzählten sie etwas von den Russen, das war einleuchtender. Ob sich die Einwohner danach ebenfalls zur Flucht aufmachten, blieb jedoch fragwürdig, denn die Jonescheits und Gergenhoffs brachen gleich nach den Hausbesuchen mit ihren Pferden und Fuhrwerken auf. Hinein ins Ungewisse.

Die beiden Familien konnten nicht ahnen, dass wenig später hinter ihnen das Grauen einzog. Und vor ihnen der Kampf ums nackte Überleben lag. Letztlich würde Ostpreußen in einem Meer aus Tod und Zerstörung untergehen und auch den Jonescheits selbst einen hohen Blutzoll abverlangen.

Nicht alle Einwohner von Nemmersdorf bemerkten, dass die Joprscheits und ihre Verwandten hastig das Dorf verließen. Insbesondere jene nicht, die am Dorfeingang lebten und nicht mitbekamen, was am anderen Ende geschah. Und auch nicht alle Nachbarn folgten ihrer Warnung, so schnell wie möglich aus dem Ort zu fliehen. Diejenigen, die blieben, waren fest davon überzeugt, dass die an der Grenze zum Generalbezirk liegende Panzergrenadier-Division »Großdeutschland«, die Besten der Besten, wie es hier hieß, mit den Russen fertig würde. Denn fast keiner von ihnen hatte Joseph Goebbels Sportpalast-Rede gehört und die, die es dennoch getan hatten, gaben sich genauso ungläubig wie anfangs der alte Jonescheit. Zudem gingen sie davon aus, dass die Schutzwälle, die gebaut worden waren, dem Feind ohnehin Einhalt gebieten würden.

Die Einwohner von Nemmersdorf wussten nicht, dass die PG »GD« bereits aufgerieben und der Riegel aus Panzergräben, Schützenlöchern und Schutzstellungen längst überrannt war. Ebenso wenig, dass sich das feindliche Riesenheer in einer breiten Frontlinie, die inzwischen von der Hafenstadt Memel bis in den einst polnischen und danach »deutsch« umbenannten Landkreis Sudauen gereichte, weiter nach Westen fortbewegte und bereits die ersten ostpreußischen Gemeinden, die auf ihrem Weg lagen, völlig zerstört und sämtliche Ortsansässige massakriert hatten. Mit Ausnahme der kleinen Jungen und Mädchen, die verschleppt wurden.

So also dämmerten die meisten Einwohner von Nemmersdorf beinahe in Friedhofsruhe in die tiefe Nacht hinein. Die Kinder in vermeintlicher Sicherheit eng an ihre Mütter oder Großmütter geschmiegt. Die Großväter, die zumeist einzig übrig gebliebenen Männer, die nicht an der Front dienten, weniger ruhig schlummernd in ihren Schlafzimmern. Denn sie waren es, die bereits einen verheerenden Weltenkrieg mitgemacht hatten und vielleicht unbewusst das drohende Unheil im tiefsten Inneren ahnten, das auf sie zukam, ohne jedoch ernsthaft drauf zu reagieren.

Irgendwann zu weit fortgeschrittener Stunde fingen in den Scheunen und Ställen, die die meisten Wohnhäuser ergänzten, die Kühe an unruhig zu muhen und die Pferde zu wiehern. Ihre tierischen Instinkte signalisierten die Gefahr, die sich stetig näherte.

In der Tat bewegte sich ein Voraustrupp des Feind-Heeres auf das Dorf zu. Die Greys kamen ohne motorisierte Einheiten, erreichten jedoch auf ihren dünnen Gehwerkzeugen die erschreckende Geschwindigkeit von Panzern.

Beinahe lautlos und wie ein Schwarm Heuschrecken fielen sie in dem Moment ins ruhig daliegende, nächtliche und schlafende Nemmersdorf ein, als die alte Glocke der Feldsteinkirche am dunklen Dorfplatz die dritte Stunde läutete.

Es handelte sich um vier Kompanien mit jeweils 200 Infanteristen, die wiederum in je zwei Zügen aufgeteilt waren.

Noch bevor die Greys über die Betonbrücke marschierten, die den Fluss Angerapp überspannte, schändeten sie den kleinen Dorffriedhof, der einige hundert Meter davor lag. Weshalb und wieso blieb auch später ungeklärt. Vielleicht nur, um ihre Schreckensherrschaft über die Menschen zu demonstrieren.

Nachdem die Kompanien noch immer unbemerkt die Brücke überquert und die ersten Häuser erreicht hatten, wurde ein einsamer Nachtgänger auf sie aufmerksam.

Der Alte paffte vor der Haustür seine Pfeife. Zunächst glaubte er, seinen Augen nicht zu trauen. Doch als sich gleich darauf die sich auf den jeweiligen Grundstücken verteilenden Schatten als uniformierte Geschöpfe herausstellten – wusste der Herrgott, was sie waren, jedenfalls von der Hölle ausgespuckt – fiel ihm der Pfeifenstiel aus dem offenen Mund. Und dann fing er laut und von Panik erfüllt zu schreien an.

Sogleich flammten hinter den Fenstern der umliegenden Häuser die Lichter auf. Aber es war schon zu spät. Bevor die Nemmersdorfer die Gefahr auch nur im Ansatz erkennen konnten, wurden sie von den Fulguren mit ihren fremdartigen Energiewaffen verbrannt oder mit erbeuteten Maschinenpistolen und Karabinern wie wilde Hunde erschossen. Andere wiederum mit ihren furchtbaren Vampirzähnen zerfleischt. Ob in den Wohn- und Schlafzimmern, den Küchen, den Bädern und Dachböden oder in den Kellern. Selbst die Kirche, das Spritzenhaus und in die Gasthäuser wurden durchsucht – kein Mann und keine Frau konnte dem Tod entkommen. Mit Ausnahme der Kinder, die auf der Hauptstraße zusammengetrieben und dann weggebracht wurden.

In dieser Stunde war gewiss, dass der verheerendste Krieg, den die Menschheit je erlebt hatte, nämlich jener zwischen Himmel und Erde, den ansonsten so friedlichen Ort, der hunderte von Jahren Ostpreußen als Grenzaußenposten diente, erreicht hatte. Und ihn in der brutalsten Art und Weise, die man sich nur vorstellen konnte, regelrecht vom Erdboden hinwegfegte. Die Welt verwandelte sich auch hier in lodernde Flammen, verzehrendem Rauch und grässlichem Sterben mit den schrecklichsten Höllenqualen, die Menschen erleben konnten.

Mitunter zerrte die Greys nackte Frauen aus ihren Betten, getrennt von ihren Kindern, schleiften sie an den Haaren zu den Scheunen hinüber und schlugen sie – wie in biblischer Zeit die Römer die Juden – an die Tore. Andere wiederum wurden an ihren Händen an Leiterwagen genagelt, wo sie in gekreuzigter Stellung in der Nähe der Gasthäuser »Weißer Krug« und »Roter Krug« kurz vor den davon abzweigenden Gehöften ausharren mussten.

Großeltern, die ihre Enkel schützen wollten, wurden am lebendigen Leibe mit dem eigenen Werkzeug, das die Aliens gefunden hatten, durchsägt oder in Stücke gehackt, die Köpfe gespalten, die Gliedmaßen abgetrennt. Alte Männer sogar kastriert. Anderen wurden mit Gewehrkolben die Schädel eingeschlagen, die Gesichter zertrümmert, die Ohren abgeschnitten, die Zungen und die Augen herausgerissen oder mit Genick- und Kopfschüssen hingerichtet, so dass teilweise die Kugeln wieder zu den Mündern austraten. Einer 84-jährigen, vollkommen erblindeten Frau wurde mit einem Spaten der Kopf von oben nach dem Halse weggespalten, so dass sie – im entsetzlichen Tode erstarrt und mit dem Rücken angelehnt – wie eine Statue mit halbem Schädel auf ihrem Sofa hockte.

Was nicht minder grausam war, war die Tatsache, dass die Fulguren, lodernd vor Hass und Rachsucht, die deutschen Frauen vergewaltigten! Und zwar jeden Alters, mit Ausnahme – wie bereits erwähnt – der kleinen Mädchen und natürlich der Jungen, die fortgeschafft wurden. Die dünnen Geschlechtsrüssel der Außerirdischen, ebenso wie bei den menschlichen Männern am Unterleib gewachsen, drangen rücksichtslos und brutal in die Frauen ein, rissen sie auf und hinterließen von den Oberschenkeln bis an die Knie armstarke, feuerrote Geschwulste.[1]

Diejenigen von ihnen, die die Übergriffe überlebten, schleppten sich in ihre Küchen oder in die Bäder und schluckten Essigessenz, um gleich darauf unter grausamen Schmerzen durch die eigene Hand zu sterben.

Nemmersdorf sollte zum Inbegriff des Grauens werden. Eines Gewaltverbrechens an Zivilisten, um den Durchhalte- Widerstandswillen der Bevölkerung zu brechen. Und dann waren da noch jene wenigen Einwohner, die aufgrund der Warnung des alten Jonescheits ihre Sachen gepackt und einige Stunden nach ihnen ebenfalls aufgebrochen waren.

Unweit des Dorfes rollten ihrem Treck sowjetischen Beutepanzer der Greys entgegen. Sieben an der Zahl. Es handelte sich um die vorzüglichen T-34, die an manchen Fronten in den Panzerschlachten mit den Deutschen gefechtsentscheidend gewesen waren.

Einer schnitt den Treckfahrzeugen den Fluchtweg ab und feuerte ohne Vorwarnung mit seiner 76,2-mm-Kanone. Der Wind stand so günstig, dass er den Kanonendonner weit übers Land trieb.

Der erste Treckwagen zerging in einem Feuerball. Die Pferde der nachfolgenden Fahrzeuge scheuten, brachen aus und gingen durch, so dass sie sich im Zickzack nicht etwa vom Feind absetzten, sondern geradewegs auf ihn zurasten.

Fünf T-34 überrollten den Treck von vorn, während zwei weitere ihn von hinten aufrollten. Die Panzerketten zermalmten zuerst die Pferde, rasten dann mit ihren schweren und breiten Kettengliedern über die brechenden Fuhrwerke und die schreienden Menschen hinweg, verstümmelten sie bis zur Unkenntlichkeit. Es schien, als sei eine gigantische Walze über sie gekommen, um sie zu planieren.

Mord und Totschlag, Vergewaltigungen bis zum Tod, Vernichtung der Trecks – das alles war ein planmäßiges und bewusst herbeigeführtes Massaker der Außerirdischen.

Die grausam entstellten Leichen wurden nicht etwa als Trophäen, sondern als Warnung hinterlassen. Denn auch die Ful-

---

1 Solche Verletzungen trugen deutsche Frauen beispielsweise in Nemmersdorf durch tagelange Vergewaltigungen durch Rotarmisten davon, siehe Zeugenaussage einer Überlebenden in: Klaus Röhl: *Verbotene Trauer – Ende des deutschen Tabus*, Rottenburg o.J., S. 144-145

guren wussten, dass der große Heeresverband der HG Berlin ihren eigenen Einheiten nachrückte. Mit demselben Marschziel: die deutsche Reichshauptstadt. Unweigerlich würden die Deutschen an Nemmersdorf vorbei kommen.

Danach wollten die Greys die Flüchtlingstrecks zur Ostsee treiben und sie entweder auf dem Weg dorthin oder spätestens dort endgültig vernichten. Ein geplanter Massenmord.

Einhergehend mit dieser Katastrophe für die Ostpreußen gingen auch die wilden und nicht minder grausamen und tödlichen Vertreibungen aus Pommern, Schlesien und dem Sudetenland einher.

Es war gerade so, als hätte der Teufel höchstpersönlich die Büchse der Pandora geöffnet.

Es war ein Bild wie aus der apokalyptischen Offenbarung, nachdem das Tier mit den zehn Hörnern und den sieben Köpfen aus dem Meer stieg, um Unheil über die Menschheit zu bringen. Nur, dass sich das nicht irgendwann in ferner Zukunft und in den Gehirnen religiöser Fanatiker abspielte, sondern jetzt in der Gegenwart und vor den Augen der Landser.

Daran dachte so manch einer in der Heeresgruppe Berlin, die die im Umkreis einzige für Panzer befahrbare Betonbrücke über die Angerapp passierte und durch das Dorf rollte. Während jedoch das Gros der Verbände weiterzog, blieben einzelne Kompanien des Infanterieregiments 534 im Ort zurück, weil sie weitere Flüchtlinge aufnehmen sollten.

Doch schnell wurde ersichtlich, dass es in Nemmersdorf keine Überlebenden gab. Nie mehr würden die militärischen und auch zivilen Augenzeugen die an die Scheunentore gekreuzigten und an Leiterwagen genagelten Frauen vergessen. Die bestialisch massakrierten, verstümmelten oder verbrannten Großväter und Großmütter. Die schwarzen, stinkenden Überreste von Dorfbewohnern, die außerhalb oder innerhalb der zerschossen und zerstörten, brennenden und qualmenden Gebäude lagen oder die Straßen und Gehwege säumten. Manche Leichname waren sogar nebeneinander in Reih und Glied gelegt worden, andere zu toten Menschenhaufen aufeinandergeschichtet.

Grausige Trophäen des barbarischen Abschlachtens, für jedermann sichtbar.

Offiziere und Soldaten, einschließlich der Truppenärzte und selbst die russischen Flüchtlinge, die das Unfassbare, was die Fulguren angerichtet hatten, mit eigenen Augen sahen, waren zutiefst erschüttert. Auch der Zug, dem Steiner angehörte, war vom LKW abgesessen.

Werner Küssling musste sich übergeben, als er eine der von den Greys grausam vergewaltigten Frauen mit ihren zerrissenen Geschlechtsteilen sah. Doch keiner nahm ihm das krumm. Denn jedem von ihnen erging es ähnlich. Und auch die beiden Babys in der Oberstube der Molkerei, die zuerst mit Nahschüssen in die Stirn getötet wurden, um dann ihre Halsschlagadern herauszubeißen, sorgten für Entsetzen und Ekel. Offenbar waren die Säuglinge nicht von den Außerirdischen entführt worden, weil sie behindert waren, wie ihre deformierten Beinchen in den Kinderbetten zeigten.

Leutnant Wolff, der »Schinderhannes«, war so in sich gekehrt wie nie zuvor. Und auch der ansonsten so großmäulige Heiko Schindler gab keinen Ton von sich. Allen stand die Bestürzung in die Mienen geschrieben, regelrecht eingestanzt in ihre blassen Antlitze.

Nachdem Steiner und seine Kameraden das Dorf gründlich durchsucht hatten, kehrten sie ohne einen einzigen Überlebenden zu den LKW zurück. Zeit für eine Bestattung der sterblichen Überreste der aufgefundenen Einwohner auf dem Dorffriedhof blieb jedoch nicht.

Tief betroffen verließen sie schließlich Nemmersdorf wieder, um sich rückwärtig dem langsameren Tross der HG Berlin anzuschließen. Dabei kamen sie an zerschossenen und von Panzern überrollten Trecks vorbei, die ebenso die Brutalität des Feindes aus dem All dokumentierten. In den anderen, zumeist kleinen Orten, offenbarte sich ihnen das immer selbe Bild.

Inzwischen war eine neue Weisung von Hitler an Generalfeldmarschall von Manstein eingegangen, die direkt vom OKW übermittelt worden war. Er sollte weiter nach Königsberg vorrücken, das in unmittelbarer Marschrichtung des riesigen Fulguren-Heeres lag. Die Hauptstadt Ostpreußens durfte unter keinen Umständen in die Hände des Feindes fallen. Allerdings besaßen die Außerirdischen einen Vorsprung von mehreren Tagen, so dass es fraglich war, ob die Deutschen noch rechtzeitig dort eintreffen würden, um die anstehende Katastrophe zu verhindern.

In den letzten Stunden hatten sich die, zunächst in Nemmersdorf zurückgebliebenen Kompanien des Infanterieregiments 534 wieder in die HG eingegliedert. Manstein trieb die Soldaten voran, gönnte weder Mensch noch Tier ausreichende Ruhepausen. Die Zeit für die Rettung von Königsberg drängte, wenn sie nicht gar schon unmöglich geworden war.

Bei einer der wenigen Erholungspausen in der verschneiten Weite des Kreises Bartenstein, etwa 70 Kilometer südlich der ostpreußischen Metropole gelegen, traf Steiner vor einem kleinen Wäldchen auf Anastasia. Sie saß einsam auf einem Baumstumpf abseits des LKW, mit dem sie und ihr Bruder seit Stalingrad mitfuhren. Sergej, der sie normalerweise nur selten aus den Augen ließ, war nirgends zu sehen.

»Du solltest in der Nähe unseres Zuges bleiben«, ermahnte Max. »Es ist zu gefährlich alleine hier draußen. Überall könnten sich Fulguren herumtreiben.«

Die hübsche Russin blickte zu ihm auf. »Ich wollte wenigstens für einen Moment für mich sein, *Drug* – Kamerad.«

Max ging neben ihr in die Knie, um in gleicher Höhe mit ihrem Gesicht zu sein. »Dennoch werde ich es nicht zulassen, dass du dich ohne Not selbst in Gefahr bringst ...«

»*Prosto ischezni* – verschwinde einfach!« Die Worte kamen mit einem Lächeln über die vollen Lippen. Dieses unglaubliche Lächeln, das Steiners Herz erneut hüpfen ließ wie eine Seerose auf einem Teich.

In diesem Moment vergaß er alles um sich herum. Den Krieg, die Fulguren, die bevorstehenden Schlachten. Gleich gar, als Anastasia seine nicht behandschuhte Hand ergriff. Sofort sprang ihre Wärme auf ihn über. Ihre klaren Augen schienen ihm direkt in die Seele zu blicken, so dass ihm heiß und kalt zugleich wurde, als hätte er unvermittelt Fieber.

Nun kamen beide in die Höhe, umarmten oder vielmehr *klammerten* sich wie Ertrinkende aneinander, die sich gegenseitig Halt geben wollten in dieser schrecklichen Zeit. Ihre Lippen fanden sich wie zwei Magnete, die sich anzogen. Die heißen Küsse ließen die Kälte außen vor, als würden sie sich in einem beheizten, abgesonderten Raum befinden. Alle Geräusche um sie herum verstummten.

Wahrlich, in diesen Sekunden gab es nur sie beide. Und sie genossen die zärtlichen Berührungen des jeweils anderen, die sie wie ein unsichtbares Band zusammenhielten.

Erst, als Max Freund Julius Hedrich wie ein Geist aus dem Dickicht neben ihnen auftauchte, weil er sich irgendwo in der Nähe erleichtert hatte und ein »Eijeijei« von sich gab, lösten sich die Verliebten voneinander.

»Nun, ich will mir ja nicht gerade wie ein Voyeur vorkommen, aber der Schinderhannes hat den Befehl zum Aufbruch gegeben.« Julius grinste frech.

»Manchmal kannst du wirklich eine richtige Nervensäge sein, die zu denen unpassendsten Moment auftaucht«, erwiderte Steiner flachsend.

Gemeinsam gingen sie zum LKW zurück.

Doch dann geschah etwas, was die zarte Bande, die sich zwischen Max und Anastasia entwickelt hatte, von Grund auf in Frage stellte.

»Was hast du soeben gesagt?« Mit vor Wut und Hass funkelnden Augen stand Heiko Schindler in lauernder Angriffsstellung vor dem verwahrlost aussehenden Russen, der etwa in seinem Alter war, nur noch dünner und kleiner als er selbst. Der Mann mit dem Namen Boris gehörte zu dem Kontingent an russischen Hilfskräften, die zusammen mit Überläufern, Kollaborateuren und Flüchtlingen mit der Wehrmacht aus Stalingrad ausgezogen war.

In diesen Minuten standen und saßen Deutsche und Russen im Kreis beisammen, um Essen zu fassen und, soweit es möglich war, beiläufige Konversation zu betreiben. Julius Hedrich war nicht dabei, denn er war gegangen, um sich im winterlichen Wald zu erleichtern.

Mittlerweile war es zwischen dem streitsüchtigen Schindler und dem nicht weniger provokanten Boris zu einem Wortgefecht gekommen, das regelrecht ausartete.

Die Landser zeigten sich genauso empört wie ihr Kamerad, während die Iwans sich natürlich auf die Seite ihres Landsmannes stellten.

»Du hast genau gehört, was ich gesagt habe«, gab Boris auf Deutsch, jedoch mit starkem Akzent zurück. »Das, was diese außerirdischen Schlächter euren Frauen und Greisen angetan haben, ist nur die angemessene Strafe dafür, was ihr, die Kettenhunde des dreimal verfluchten Hitlers, in meiner Heimat angerichtet habt! Ihr seid kein Haar besser, habt genauso gewütet, gemordet und geschändet. Aber Gott lässt das nicht ungestraft zu und sorgt nun für ausgleichende Gerechtigkeit gesorgt, *nemetskiy*!«

Es war nicht das Narbengesicht, der als erster den Karabiner hochriss, sondern Heiner Grimme, der ebenfalls zu Steiners Zug gehörte.

»Sag das noch mal, du dreckiger Iwan, dann ballere ich dir dein debiles Rattengehirn aus dem Schädel!«

Boris grinste hinterlistig. Ungesehen von den im Kreis Stehenden hielt er hinter seinem Rücken längst sein mitgeführtes ein Messer in der Faust.

»Du willst mich also wirklich abknallen, *nemetskiy*, nur weil ich die Wahrheit sage? Das ist nämlich genau das, was ihr am besten könnt? Ihr seid nichts anderes als dumme Menschenschlächter.«

»Warum hast du dich uns dann angeschlossen, um Stalingrad zu entkommen, wenn du die Deutschen so hasst?«, kam Schindler nicht umhin zu fragen. Die Kameraden um ihn herum nickten zustimmend.

»Ich musste aus privaten Gründen die Stadt verlassen. Mehr brauchst du nicht zu wissen. Jedenfalls kam es mir entgegen, dass es die Möglichkeit gab, zu verschwinden.«

»So so, private Gründe!«, stichelte Schindler weiter. »Hast wohl deine hässliche Mutter rangenommen und wurdest dabei erwischt ...«

Gleichzeitig mit dem brüllenden Lachen der Landser stürmte Boris mit hassverzerrtem Antlitz und hocherhobenem Messer auf den Deutschen zu.

Das Narbengesicht wurde davon völlig überrascht, so dass er nicht einmal mehr die Hände zur Abwehr ausstrecken oder einen Schritt zurückmachen konnte, um aus der Reichweite der Waffe zu kommen.

Die lange Klinge sauste von oben auf seinen Schädel herab ...

Ein jäh aufkrachender Schuss zerriss die eisige Luft. Die 9-mm-Kugel zertrümmerte die Stirn des Angreifers. Wie von einer Riesenfaust gestoppt, verhielt Boris mitten im Lauf, kippte mit einer großen, gezackten Wunde im Kopf nach hinten und schlug auf dem schneebedeckten Boden auf.

Es war keineswegs Heiner Grimme, der noch immer den Karabiner 98K in den Fäusten hielt, der geschossen hatte, sondern vielmehr Leutnant Wolff, der aus unmittelbarer Nähe die Auseinandersetzung verfolgt hatte.

Die Männer machten Platz, Deutsche wie Russen, als mit er mit gezogener Luger 08-Pistole herantrat.

»Ich habe alles mit angehört«, bellte er in seiner ihm eigenen Art. »Dieser verfluchte Untermensch hat nicht nur die Hilfsbereitschaft der Wehrmacht ausgenutzt, sondern auch die Volksdeutschen und schlimmer noch, unseren Führer denunziert. Ihr alle seid Zeuge davon!«

Der »Schinderhannes« sah sich im Kreise um. Während die Landser stumm nickten, bedachten ihn die russischen Hiwis mit tiefster Abneigung. Boris war so etwas wie ihr Sprecher in der Gruppe gewesen. Und nun war er vor ihren Augen von einem *nemetskiy ofitser*, einem deutschen Offizier geradezu hingerichtet worden! Keiner von ihnen dachte in diesen Sekunden an den gemeinsamen barbarischen Feind aus dem All. Stattdessen wurde ihnen schmerzhaft bewusst, dass sie erst vor wenigen Tagen noch mit den Schergen Hitlers im Krieg gelegen und sich bis aufs Blut bekämpft hatten.

Gleich darauf eskalierte die Situation!

Nur mit Messern und Beilen bewaffnet stürzten sich die Hiwis auf die Landser, die wiederum ihre Gewehre hochrissen und wahllos in die Menge feuerten.

Der Sensenmann hielt reiche Beute. Nach nicht einmal einer halben Minute lag über ein Dutzend Russen tot oder schwer verletzt in grotesken Stellungen im Schnee.

»Erledigt den Rest!«, wies Wolff knallhart an. »Sie werden den weiteren Marsch ohnehin nicht überleben!«

Einige Landser zögerten, aber als einer damit anfing, den Verwundeten den Fangschuss zu geben, scheuten auch die anderen nicht mehr davor zurück. Dass es sich dabei um ein Kriegsverbrechen handeln könnte, blendeten sie insofern aus, als dass sie lediglich dem Befehl ihres Vorgesetzten nachkamen.

In diesem Moment traten Steiner und Anastasia, gefolgt von Hedrich heran. Noch immer hing beißender Pulverrauch in der Luft.

Ungläubig starrten sie auf das soeben stattgefundene Blutbad.

»In Gottes Namen!«, entfuhr es Max entgeistert. Auch Julius war völlig perplex angesichts der wie eingefroren wirkenden Szenerie. Und Anastasia hielt sich die Fäuste vor den Mund, um nicht laut loszuschreien.

Aber es war Sergej, der zuvor auf der Suche nach seiner Schwester und deshalb nicht anwesend gewesen war, der wie ein Buschgespenst plötzlich und völlig unerwartet aus dem Dickicht hervor stürmte. Direkt auf den Leutnant zu.

Im allerletzten Moment packte Steiner ihn von hinten an den Schultern. Doch Anastasias Bruder war ein kräftiger Achtzehnjähriger, der sich, erfüllt von Hass und Rachsucht, sofort wieder losriss.

»Bleib stehen!«, befahl Wolff hart, die Mündung seiner Pistole jetzt auf den jungen Russen gerichtet, »Ansonsten liegst du gleich neben deinen verräterischen Landsleuten!«

Sergej verhielt tatsächlich mitten im Lauf. Aber nicht etwa, weil ihm der Deutsche das befohlen hatte, sondern aufgrund des schrillen Schreies seiner Schwester hinter ihm.

Irritiert wandte er sich zu ihr um. Anastasia sagte etwas so rasch auf Russisch zu ihm, dass selbst diejenigen Landser, die dieser Sprache ein wenig mächtig waren, nichts verstanden.

Was immer es auch gewesen war, es brachte den jungen Heißsporn augenblicklich wieder zur Besinnung.

»Und jetzt die Pfoten hoch!«, herrschte Wolff den Achtzehnjährigen an. »Los doch!«

Ohne darüber nachzudenken, trat Max mit erhobenen Händen dazwischen. »Sergej ist ein guter Kerl, Herr Leutnant ...«

»Halten Sie die Klappe, Steiner und treten Sie zur Seite! Sonst stellte ich Sie wegen Befehlsverweigerung vor ein Kriegsgericht! Kapieren Sie das?« Das war keine Frage, sondern eine Feststellung.

Der Angesprochene schluckte den Kloß, der sich in seinem Hals gebildet hatte, gleichsam mit der aufsteigenden Wut hinunter. Natürlich verstand er, in welcher verzwickten Lage er sich befand. Auch der besorgte Blick seines Freundes Julius, gemahnte ihn, nicht noch mehr über die dienstliche Strenge zu schlagen. Ansonsten würde der »Schinderhannes« seine Drohung wahrmachen und damit garantiert bei Generalmajor Claus von Lüttwitz durchkommen, der nun die der Heeresgruppe Berlin angegliederten 6. Armee befehligte, der Steiners 384. Infanteriedivision des VIII. Armeekorps angehörte.

Entmutigt ließ er die Arme sinken und trat beiseite.

Doch auch Anastasia bewies das Temperamt eines Vulkans. Ihre herrlichen Augen funkelten den deutschen Offizier aufgebracht an. »Wollen Sie meinen Bruder etwa ebenso über den Haufen schießen, wie es gerade mit Boris und seinen Genossen geschehen ist?«

Wolff knirschte laut mit den Zähnen. Bevor er jedoch etwas darauf erwidern konnte, meldete sich Schütze Heiner Grimme ungefragt, der ihm am nächsten stand.

»Sergej ist ein prima Kerl, Herr Leutnant. Er hat uns gegen die Fulguren geholfen.« Die übrigen Männer stimmten ihm zu.

Der »Schinderhannes« räusperte sich, ließ dann aber langsam seine Pistole sinken.

Vielleicht kapierte er in dieser Minute, dass ihm diese Handlung mehr Anerkennung bei seinen Leuten einbringen würde, als den Russenjungen festsetzen zu lassen oder schlimmer, einfach abzuknallen. Eigentlich hatte Sergej den Deutschen nie etwas getan. Er gab sich zwar ziemlich in sich gekehrt, aber ansonsten war er hilfsbereit. Genauso wie seine Schwester.

»Geh mir aus den Augen, sonst überlege ich es mir vielleicht noch mal!«

Mit flackerndem Blick wandte sich der Junge von dem Offizier ab. Anastasia nahm ihren Bruder in die Arme und führte ihn zum LKW, auf den sie ohnehin aufsitzen sollten.

Steiner atmete auf.

Der »Schinderhannes« hingegen ordnete an, die erschossenen Russen zusammenzutragen, ohne sie zu verscharren. Dafür war keine Zeit. Und zudem war der Boden so hart gefroren, dass dies ohnehin nicht möglich gewesen wäre.

Danach erstattete Leutnant Wolff Rapport bei Generalmajor von Lüttwitz. Doch dieser hatte, für diese »Sperenzchen«, wie er sich ausdrückte, keinen Nerv. Vielmehr legte er Geschehene als unmittelbare Entscheidung eines Offiziers in einer Notlage aus. Das hieß nichts anderes, als dass der »Schinderhannes«

68

und seine Männer, die die aufbegehrenden Hiwis liquidiert hatten, mit einem blauen Auge davon kamen.

Allerdings sprach sich dieser »Vorfall« in der gesamten Heeresgruppe herum. Selbst Generalfeldmarschall Erich von Manstein erfuhr davon, was ihn in großen Zorn versetzte. Nichtsdestoweniger hatte er überhaupt keine Zeit, sich darum zu kümmern, weil sie zwischenzeitlich kurz vor Königsberg standen. Hingegen bei den anderen sowjetischen Überläufern, Hiwis und Kollaborateuren sorgte das »Massaker«, wie sie es bezeichneten, für böses Blut.

FÜNFTES KAPITEL

In diesen Tagen hielt die Flucht der Gergenhoffs und Jonescheits an. Weit hinter ihnen lag Nemmersdorf, dass sie vor vielen Stunden verlassen hatten. In dieser Richtung färbte sich der Himmel in einem gleißenden Orange. Zweifellos hatten die Fulguren den Ort längst erreicht und in Schutt und Asche gelegt.

Keiner der Vertriebenen ahnte etwas von der Barbarei der Außerirdischen, die in dem kleinen Dorf noch eine Steigerung zum Massaker auf dem Gutshof der Gergenhoffs erfahren hatte. Auch weit vor ihnen schienen sich Kampfhandlungen zu ereignen, denn von dort hallte schwacher Kanonendonner herüber.

»Wir müssen nach Norden«, stellte der alte Jonescheit folgerichtig fest. »Ansonsten besteht die Gefahr, dass wir direkt in ein Gefecht hineinfahren.« Sie mieden die Wegausläufer in die Äcker hinein, weil sie auf den dort gefrorenen Eisschollen nicht vorankommen würden.

»Du hast recht, Johann«, stimmte Gregor Gergenhoff zu. Inzwischen ritten er und seine Tochter Marie wieder die eigenen Trakehner. Diejenigen Pferde, die sie ursprünglich von ihren Verwandten erhalten hatten, trabten angebunden an den beiden bepackten und zum Glück überdachten Fuhrwerken hinterher. Im ersten Wagen saßen Johann und seine Gattin Christa. Im zweiten Ulrich und Gerda sowie die Zwillingsmädchen Edda und Jette, dick eingewickelt in Schafspelze und in den Schuhen mehrere Wollsocken übereinander. Dennoch machten ihnen die Temperaturen, um die 20 Grad Minus arg zu schaffen.

»Aber der Weg, den wir jetzt nehmen, führt nicht nach Königsberg, sondern südwestlich daran vorbei«, gab Ulrich zu bedenken.

»Das ist auch gut so.« Der Gutshofbesitzer sah von Magnis Rücken direkt in das runde, blasse Gesicht des Mannes, der unter ihm auf dem Kutschbock im Wagen saß, die Zügel fest in der Hand.

»Und weshalb?«

»Mit ziemlicher Sicherheit marschieren die Fulguren direkt auf Königsberg zu, um die Hauptstadt Ostpreußens einzunehmen. Dementsprechend würden wir dort buchstäblich vom Regen in die Traufe kommen. Hingegen ist der Kreis Heiligenbeil, der jetzt vor uns liegt, bestimmt noch nicht in irgendwelche Kampfhandlungen miteinbezogen.«

Das waren die letzten Worte, welche die Vertriebenen aus Tilsit und Nemmersdorf in der nächsten Stunde miteinandersprachen. Zu sehr nahmen sie das unwegsame und verschneite Gelände, die Kälte sowie ihre eigenen trüben Gedanken in Anspruch.

Schon bald würde die Nacht hereinbrechen. Zeit also, einen Unterschlupf zu finden. Ein Weiterreisen in der Dunkelheit war viel zu riskant. Allzu leicht konnten sie von den ohnehin nicht immer befestigten Wegen abkommen und schwer verunglücken. Die zahlreichen umgekippten Fuhrwerke, denen sie bisher begegnet waren, zeugten von der allgegenwärtigen Gefahr.

Schließlich war ihnen das Glück doch noch hold. Mehr zufällig stießen sie auf einen abgelegenen Hof, von dem die Bauern bereits geflüchtet waren. Er war von der Wegstrecke nicht gleich einzusehen, weil ein Hügel dazwischen lag.

Die Vertriebenen stellten die Fuhrwerke in die ausladende Scheune und die Pferde in den angrenzenden Stall, wo sie ausreichend Futter fanden. Die Hofhunde waren allesamt erschlagen worden, damit ihr Gebell keine Unbefugten anlockte.

Das Haupthaus sah wüst aus. Auch wenn das allermeiste Mobiliar noch vorhanden war, da die Bauern selbstredend nur das Notwendigste mitgenommen hatten, waren Tische und Stühle umgeworfen. Die Schränke standen allesamt offen, ebenso wie die Kommoden und Anrichten. Unter den Wildgeweihen, die an der holzvertäfelten Wand hingen, waren die meisten Familienfotos abgenommen worden. Es sah so aus, als hätten hier die Vandalen gehaust.

Später saßen die Gergenhoffs und Jonescheits in dicke Decken gehüllt in der Bauernstube zusammen. Allerdings scheuten sie sich davor den Kachelofen anzuzünden, obwohl sich Stapel von geschlagenem Holz daneben türmten. Der Rauch aus dem Kamin hätte verraten können, dass sich hier doch noch Menschen aufhielten und eventuell versprengte oder vorauseilende Fulguren angelockt.

Dennoch fühlten sich die beiden Familien hier drinnen weitaus sicherer als Nächtens draußen im offenen Gelände. Wenigstens für ein paar Stunden.

Die Frauen gingen in die Waschküche, um in einem großen Blechbottich das ganze Dreckszeug mit Kernseife zu waschen. Wenn auch in kaltem Wasser. Im Keller glühten sie Kohlen an, die es hier zuhauf gab, brachten nur wenige Zentimeter darüber ein Holzbrett an, worauf sie die nassen Wäschestücke legten. Bis sie wieder aufbrachen, würden sie trocken sein.

In den Schränken fanden sie verschiedene Textilien, sogar Winterschuhe. Alles, was sie gebrauchen konnten, packten sie ein, darunter Nähzeug, Seife und Streichhölzer. Und schließlich servierten Christa, Gerda und Marie gleichermaßen auf den glühenden Kohlen erhitzte Erbsensuppe mit ein wenig Fleisch.

Zwischenzeitlich hatten Gregor, Johann und Ulrich im Wohnzimmer eine Flasche Wodka gefunden sowie selbstgedrehte Zigaretten aus russischem Machorka-Tabak.

Ein paar Stunden kamen sie sich vor wie Gäste auf einem Bauernhof und nicht wie aus der Heimat Vertriebene. Irgendwann versanken sie, gesättigt und notdürftig aufgewärmt, in einen unruhigen Dämmerschlaf, der gewiss auch ihrer physischen Erschöpfung geschuldet war.

Der nächste Morgen war wie üblich sehr kalt. Felder und Wiesen waren verschneit, so dass ihre Spuren vom gestrigen Tag längst verwischt waren. Dennoch lag nicht so viel Schnee, um nicht mit den Fuhrwerken und Pferden weiter vorankommen zu können.

Nach einem hastigen, aber ausreichenden Frühstück aus den Lebensmitteln, die sie im Keller gefunden hatten machten sie sich wieder auf dem Weg, Mit dem restlichen Lebensmitteln füllten sie den eigenen Proviant auf. Insbesondere mit Hafer, glashart gefrorenen Kartoffeln und Räucherwaren aus Würsten und Speck. Alles wurde zwischen Matratzenfedern und anderem Gepäck, das sie mitführten, versteckt und verstaut.

Schließlich brachen die Jonescheits und Gergenhoffs wieder auf. Auf ihrem Weg nach Heiligenbeil mussten sie sich in lange Trecks mit Massen von Menschen, Pferden und Wagen einreihen, die in dieselbe Richtung fuhren, allesamt von der Hoffnung auf vermeintliche Sicherheit erfüllt.

Mitunter entstanden chaotische Zustände auf den Wegen. Fuhrwerke verkeilten sich an den Kreuzungen ineinander oder rammten sich gegenseitig von den Straßen. Wagenführer flohen im irrigen Glauben, es alleine vielleicht schneller in die vermutlich sicheren Städte schaffen zu können. Dabei ließen sie die Mitreisenden einfach zurück. Das Wiehern der Pferde, das Weinen der Kinder und das Fluchen der Erwachsenen war mit dem schneidenden Wind, den anhaltenden eisigen Temperaturen und dem, zum Glück nur leichten, Schneefall ein stetiger Begleiter der Verdammten.

Etliche Male war in der Ferne das trockene Krachen von Kanonen und das schrille Heulen von Granaten zu hören, das mal näher kam, mal wieder wegrückte.

In den Nächten, in denen die Flüchtlinge trotz der Gefahren nun doch weiterzogen, leuchtete am Horizont der Feuerschein aus Hunderten von Geschützen, überzog die Landschaft mit Blitz und Donner, wobei nur ein schmaler Streifen des Himmels dunkel blieb.

Johann ging davon aus, dass in jener Richtung Königsberg liegen musste. Gregor sah das genauso. Einig waren sie sich ebenso darin, dass es nicht einmal 600 Kilometer Luftlinie bis nach Berlin waren.

Die Strecke, die der beinahe endlose Treck nahm, schien sich unendlich hinzuziehen. Und dennoch – da oben im Norden lag die Küste der Ostsee und damit auch der Hafen von Danzig am südlichen Ende der Danziger Bucht am Auslauf des Flusses Mottlau und westlich der Weichselmündung. Nach der Annexion der Stadt im August 1939 gehörte sie mit den umliegenden Gemeinden zum Reichsgau Danzig-Westpreußen. Bislang war es auf Danzig nur einmal, nämlich am 11. Juli 1942, zu schweren Luftangriffen durch britische Bomber gekommen, bei denen 89 Zivilisten ihren Tod fanden. Seither herrschte gespannte Ruhe. Vielleicht die trügerische Ruhe vor dem Sturm, wie Pessimisten unkten. Umso wichtiger war es, so schnell wie möglich nach Danzig zu kommen. Denn die Hafenstadt in Westpreußen war zur stillen Verheißung für die Verlorenen und gleichzeitig eine letzte Hoffnung auf ein Entrinnen vor dem barbarischen Abschlachten der Fulguren geworden. Von dort befuhren deutsche Handelsschiffe und Schiffe der Kriegsmarine das östliche Meer, die die Menschen über den Seeweg nach Westen bringen konnten.

Doch die Hoffnung bekam in dem Moment erhebliche Risse, als ein versprengter Trupp deutscher Soldaten, die zu einer Einheit gehörten, die in Elbing und Marienburg stationiert gewesen war, von Vorausangriffen der Außerirdischen berichtete. Damit war der Landweg nach Danzig kurzerhand abgeschnitten!

Trotz allem wollten einige Fuhrwerke weiter in diese Richtung ziehen, während das Gros des Trecks sich dazu entschloss, nach Pillau auszuweichen, das wiederum etwa 60 Kilometer Landweg von Königsberg entfernt und direkt auf einer Landzunge am Eingang des Frischen Haffs an der Ostsee lag.

Schon seit 1933 war Pillau im Zuge der Aufrüstung der Nationalsozialisten zum Heimathafen der Minensuchflottille geworden. Im neuen Hafenbecken folgten später Liegeplätze für Kreuzer und die Stationierung eines Seefliegerhorsts sowie der 1. Unterseebootslehrdivision. Die Schiffslinie Seedienst Ostpreußen verband das ostpreußische Pillau mit dem pommerschen Swinemünde und verhieß deshalb wiederum eine Seewegmöglichkeit nach Westen.

Irgendwann erschien in der Ferne der Leuchtturm des Pillauer Hafens. Mit einer Höhe von über dreiunddreißig Metern über dem Meeresspiegel war dessen Feuer sogar in einer Entfernung von sechzehn Seemeilen sichtbar.

Doch wieder entschied sich das Schicksal gegen die Kolonne der Vertriebenen, die sich bereits kurz vor der Stadt befand. Obwohl bislang mehr als 450.000 Flüchtlinge und Zehntausende Verwundete aus den Königsberger Lazaretten auf völlig überladenen Schiffen den Hafen, der einem Ameisenhaufen glich, verlassen konnte, erreichten die ersten Ausläufer des Fulgurenheeres Pillau. Ohne Gnade radierten sie die Menschen auf den Kais in brutalster Weise aus. Einen anderen Ausdruck gab es für diese Massaker nicht.

Das war beileibe kein Krieg mehr gegen Soldaten, sondern gegen wehrlose Frauen und Greise. Erneut wurden die Kinder verschont und verschleppt. Nach den begangenen Gräueln sprengten die Greys die im Hafen liegenden Passagierdampfer und Kriegsschiffe und selbst die Hafenanlagen. Damit war der Seeweg von Pillau ins Deutsche Reich ebenfalls zerstört.

Für die Gergenhoffs, Jonescheits und den Hunderttausenden anderen Verzweifelten, blieb deshalb nur noch eine Möglichkeit: die Flucht über das Frische Haff nach Danzig.

Dem Tor zur vermeintlichen Freiheit, das sich jedoch als Einlass zur Hölle erweisen sollte.

Metgethen, Landkreis Königsberg-Metgethen.

In diesen Stunden erreichte die Heeresgruppe Berlin die Siedlung Metgethen, einen westlichen Vorort von Königsberg. Was sie dort vorfanden, reihte sich nahtlos in die Blutspur ein, die die Fulguren bislang hinterlassen hatten.

Auf dem Bahnhof standen fast ein Dutzend Personenwaggons eines Flüchtlingszuges aus Königsberg, besetzt mit bestialisch zugerichteten Leichen von Personen von etwa vierzehn Jahren bis ins hohe Alter und jeden Geschlechts. Die grausigen Überreste der Frauen waren sexuell geschändet worden.

Max Steiner und Julius Hedrich standen auf dem einzigen Tennisplatz vor einem Sprengtrichter von ungefähr zehn Metern Durchmesser und vier Meter Tiefe. Dessen Sohle war mit Wasser, Eis und Schnee angefüllt. Aber nicht nur damit ...

Der Krater machte den Eindruck, als sei er durch eine Fliegerbombe entstanden, was allerdings nicht stimmte. Denn vor ihm führte ein umsponnener Draht von zirka 50 Meter Länge bis zu einer, an der Straße gelegenen und durch eine Hecke gebildeten Deckung. Am Ende dieses Drahtes befand sich der Abzug einer Handgranate. Zweifelsfrei handelte sich dabei um die Zündvorrichtung für die Sprengladung.

Am Rande des Trichters sowie in seinem Innern lagen in Stücke gerissene und erdverschmierte Tote. Leichenteile hingen sogar auf dem hohen Drahtzaun, der den Platz begrenzte. Ebenso in den Ästen der umstehenden Bäume. Darunter auch solche von Männern in Polizeiuniformen. Zudem türmten sich rund um den Bombenkrater Pferdekadaver und Fuhrwerke mit zerbombtem Flüchtlingsgut.

In den kleinen Zweifamilienhäusern waren die Zivilisten, die ganz offensichtlich zur Bettzeit von dem Blitzangriff überrascht wurden, erschlagen, erdrosselt, erstochen und erschossen worden. Und wieder fehlte von den Kindern jegliche Spur. Die leeren Kinderbettchen und die umgestürzten Kinderwagen zeugten von ihrer einstigen Anwesenheit und nachfolgenden Verschleppung. Die wenigen wehrfähigen Männer waren öffentlich vor den Häusern kastriert worden.

Doch all das war noch längst nicht der Höhepunkt des Grauens. Weitere Leichname fanden sich in der Innenstadt. Die Auffindesituationen ließen einzig den Schluss zu, dass die Alten und Frauen, die nicht in ihren Wohnungen liquidiert worden waren, von den Greys regelrecht durch die Straßen gejagt und danach mit den Energiestrahlern verbrannt oder mit herkömmlichen Waffen durch Genickschüsse getötet wurden. Anderen wiederum wurden die Köpfe abgehackt, den Frauen die Brüste ab- und die Unterleibe aufgeschnitten oder zerstochen, um brennende Fackeln hineinzustecken. Weitere Opfer waren nackt und verkehrt herum an Bäumen in den Gärten an den Füßen aufgeknüpft. Auf einem größeren Platz waren zwei Frauen an beiden Knöcheln zwischen zwei Fahrzeuge gebunden und dann gewaltsam auseinandergerissen worden. Ein dermaßen schockierender Anblick, der noch lange in den Seelen der Augenzeugen nisten würde

In einem anderen Stadtteil fanden sich mehrere, dicht beieinanderliegende und halb verbrannte Leichenhügel. Die Zählungen ergaben, dass es sich um etwa 3.000 Menschen handelte. In der Nähe einer Kiesgrube lagen völlig entkleidete Buben und Mädchen in einem wirren Haufen zusammen. Ihre Schädel waren mit harten Gegenständen, vermutlich Gewehrkolben, eingeschlagen oder ihren kleinen Leibern zahllose Bajonettstiche zugefügt worden. Warum diese Kinder nicht ebenfalls entführt, sondern bestialisch ermordet wurden, ließ sich nur damit erklären, dass sich neben ihren sterblichen Überresten Krücken und Rollstühle fanden.

In der Kirche waren junge Frauen gekreuzigt und als ihr Pendant zwei ältere Wehrmachtssoldaten links und rechts aufgehängt. Neben dem Gotteshaus stand ein ausgebrannter deutscher Panzer, der zuvor ein halbes Dutzend angebundener, unbekleideter Frauen hinter sich her geschleift hatte. In Dunggruben und Gräben waren weitere weibliche Einwohner mit den Köpfen voraus hineingesteckt und dann vergewaltigt worden, wie die deutlichen Spuren bestialischer Misshandlungen zeigten.

Sogar vor einem Blindenheim machte die sadistische Brutalität der Fulguren keinen Halt. Sie hatten dort Erblindete herausgeholt, die im Gänsemarsch – sich an einem Seil festhaltend – hintereinander gehen mussten. Wenig später wurden sie mit Maschinengewehren niedergemäht und dann einfach in die Straßengräben geworfen.

Die toten und so grausam misshandelten Körper der Menschen und die Kadaver der Tiere verbreiteten durch den ganzen Ort einen widerlichen, süßlichen Geruch. Und selbst noch in den Nachtstunden fanden Such- und Begleitmannschaften im Schein der Blendlaternen weitere Leichname.

Generalmarschall Erich von Manstein fasste das Massaker von Metgethen folgerichtig mit den Worten zusammen: »Dieses Verbrechen zeugt von sadistischer, viehischer Brutalität!«

Traurige Gewissheit jedenfalls war, dass hier niemand den Flugurensturm überlebt hatte.

Ebenso, dass das feindliche Heer mit einem tagelangen Vorsprung weiter nach Königsberg vorgerückt war.

Nach Metgethen waren die Stabsoffiziere der HG Berlin samt ihrem Oberbefehlshaber überzeugt, dass sie zu spät kamen, um die Stadt vor der Zerstörung und die dortige Bevölkerung vor einer barbarischen Auslöschung zu bewahren.

SECHSTES KAPITEL

Königsberg, Hauptstadt und kulturelles und wirtschaftliches Zentrum der preußischen Provinz Ostpreußen.

Herrührend aus unablässigem Bombardement und tausenden von Einschlägen waberten dicker schwarzer Rauch und feiner, grauer Staub über Königsberg.

Die eisige Luft war erfüllt von immerwährendem Hämmern der schwerkalibrigen Batterien, dem Wimmern der Granaten, nur übertönt vom dumpfen Krachen explodierender Geschosse aus Rohren aller Kaliber. Ein nie enden wollender Beschuss. Ohne Unterlass feuerte der Feind aus Tausenden Beute-Geschützen und Hunderten Werferbatterien in die Stadt hinein. Aufgrund des Feuerorkans fielen immer mehr Häuser in Trümmer oder gleich vollends in Schutt und Asche. Dabei breiteten sich die Flächenbrände stetig weiter aus.

Die nahezu siebenhundertjährige Geschichte Königsbergs sollte bald ein Ende finden. Denn schon seit Stunden lag die Stadt mit den sieben Hügeln, an den Ufern des Pregels, im massiven Angriff der Fulguren. Die zwölf Forts und Bastionen, die sie eigentlich schützen sollten, waren zerstört. Die einst als eine der stärksten Festungen des Reiches geltende Provinzhauptstadt hatte dem Feind nicht mehr viel entgegenzusetzen. Daran konnte auch die tapfere Gegenwehr der 69. und 367. Infanterie-Divisionen nichts ändern.

General der Infanterie Otto Lasch https://www.lexikon-der-wehrmacht.de/Personenregister/L/LaschO.htm)[1], der Festungskommandant von Königsberg, hatte mit seinen rund 10.000 Mann, die die Reihen der Verteidiger stellten, keine ausreichenden militärischen Mittel zur Verfügung, um den über sie hereinbrechenden feindlichen Sturm wirkungsvoll abzuwehren.

Das lag nicht nur daran, dass die Wirkungsmöglichkeiten von innen heraus beschränkt waren, sondern vor allem an der weit unterlegenen Mannstärke sowie dem Mangel an Waffen und Munition. Denn von außen konnten die Bestände nicht ergänzt werden.

Durch einen verzweifelten Aufruf versuchte NSDAP-Kreisleiter Ernst Wagner die letzten Reserven, den Volkssturm, zu mobilisieren. Dieser stand nach wie vor unter dem Kommando des Ostpreußischen Gauleiters Erich Koch, der sich inzwi-

---

[1] In Wirklichkeit wurde Otto Lasch erst am 27. bzw. 28. Januar 1945 – Quellen verzeichnen hier verschiedene Daten – von Hitler zum Kommandanten von Königsberg ernannt. Siehe beispielsweise: »Das Lexikon der Wehrmacht« (oder: Günter Böddeker: *Die Flüchtlinge – die Vertreibung der Deutschen im Osten*, München/Berlin 1995, S. 77. Aber all das soll in dieser Alternativgeschichte keine Rolle spielen.

schen jedoch in einem Bunker auf der Frischen Nehrung verkrochen hatte.

So postulierte Wagner: »Die außerirdischen Feinde sind unter gewaltigem Einsatz ihrer großen Überlegenheit trotz
schwerster Verluste bis an unsere Gauhauptstadt Königsberg
vorgedrungen. Wir sind nun auf Gedeih und Verderb mit dem
Schicksal der Stadt verbunden. Entweder wir lassen uns in der
Festung wie tolle Hunde erschlagen, oder wir erschlagen die
Fulguren vor den Toren unserer Stadt. Vor ihnen zurückzuge-
hen oder sich zu ergeben, ist sinnlos und ein Verbrechen. Gegen Deserteure, Feiglinge und Schädlinge wird schärfstens
vorgegangen. Wer sich hinten herumdrückt und nicht kämpfen will, muss sterben. Seid misstrauisch gegen jedes Gerücht.
Wahr ist nur, was für uns gut ist. Unser Gauleiter grüßt die
Volkssturmmänner und wünscht ihnen Hals- und Bein-
bruch.«[1]

Dass dieser Appell völlig hoffnungs- und aussichtslos war,
bewies die Tatsache, dass der Volkssturm überwiegend aus
körperlich und seelisch kraftlosen alten Männern bestand, die
dem anrückenden, gnadenlosen Feind, in keiner Weise die
Stirn bieten konnten. Die Gräben und Erdlöcher der Außenbe-
zirke, in denen sie ausharrten, wurden von den feindlichen
Panzern einfach niedergewalzt. Unter schwersten Verlusten
zogen sich die Reste der Kompanien zurück, während die
Greys zuerst die Stadtrandstellung bei Kalgen-Klein Karschau
durchstießen und dann bei einem Flankenangriff bis südlich
zum Stadtteil Ponarth vordrangen. Die beiden an dieser Stelle
eingesetzten deutschen Bataillone der »Kampfgruppe Schu-
bert« wurden vollkommen zerrieben. Von dort erzielten die
Fulguren weitere Einbrüche bei Seligenfeld und Adlig-Neuen-
dorf. Wenig später brannten auch die Bezirke Ober- und Un-
terhaberberg, beim Friedländer Tor und die Stadtkernstellung
Süd. Die Hauptkampflinien im Südabschnitt Reichsstraße-
Hauptbahnhof-Haberberger- und Friedlandstraße-Alte Wie-
senschanze sowie im Nordabschnitt Quedenau-Ringchaussee-
Ballieth-Hardersdorf-Fürstenteich-Juditten waren mangels
ausreichender Verteidigungsfähigkeit schnell überrannt.

---

[1] In Wirklichkeit fand NSDAP-Kreisleiter Ernst Wagner tatsächlich solche Worte.
Damals natürlich bezüglich des sowjetischen Angriffs auf Königsberg. Siehe: Günter
Böddeker: *Die Flüchtlinge – die Vertreibung der Deutschen im Osten*, München/
Berlin 1995, S. 78.

Selbst der Übergang über die Pregel konnte nicht mehr gehalten werden.

Dabei war die sturmreif geschossene Stadt, die normalerweise 130.000 Einwohner zählte, in diesen Tagen zudem mit Hunderttausenden verzweifelten Flüchtlingen überfüllt, die aus jenen Landstrichen herkamen, die bereits von den Außerirdischen erobert worden waren. Nicht wenige waren aus Metgethen hierher geflohen. Ihr Plan war es gewesen, sich weiter in den Vorhafen Pillau durchzuschlagen, um auf einen Abtransport ins Reich zu warten. Nicht bei allen war die Schreckensnachricht durchgedrungen, dass auch Pillau längst schon gefallen war.

So hatten sich in den Straßen Königsbergs Fuhrwerke dicht aneinandergereiht, die genauso wie die Menschen an den Straßenbahnhaltestellen und auf den weiteren öffentlichen Plätzen, von dem massiven Angriff der Fulguren völlig überrascht worden waren. Sie boten leichte Ziele für die feindliche Artillerie. Aber auch die danach überwiegend in den Kellern lebende Zivilbevölkerung erlitt durch den anhaltenden Beschuss hohe Verluste.

In jenen Stadtbezirken, in die die Grey-Infanterie einmarschiert war, schlugen sie Flugblätter in deutscher Sprache an, um die Einwohner weiter zu demoralisieren.

Dort hieß es: »Gnade gibt es nicht – für niemanden!«

Jeder Bürger wusste, was das zu bedeuten hatte und was ihnen blühen würde. Deshalb fanden viele nur noch einen Ausweg im Selbstmord.

Tatsächlich war das zerschlagene Königsberg wenige Stunden später völlig wehr- und verteidigungslos. Nach dem andauernden Trommelfeuer brachten sich die Beutepanzer der Greys, wie erwähnt, an den Stadtgrenzen in Stellung. Danach rückten sie in den Trümmern vor, rollten gegen die letzten noch schwachen Stützpunkte der deutschen Einheiten und des Volkssturms im Zentrum. Aber auch diese Gefechtsstände wurden gnadenlos niedergewalzt. Dabei starb General Otto Lasch. Und mit ihm der Widerstandswille der Königsberger.

Die nachrückende Infanterie der Fulguren trieb die Zivilisten zurück in die brennenden Häuser hinein oder verschmorte sie mit ihren Energiewaffen und sowjetischen Flammenwerfern auf offener Straße. Andere Grey-Einheiten warfen Handgranaten in die letzten noch stabilen Kellerlöcher, die die dort zusammengepferchten, in Todesfurcht verängstigten Menschen buchstäblich in der Luft zerrissen. Ganz gleich, ob viele von ihnen in blinder Not weiße Tuchfetzen als Zeichen der Kapitulation aus den Fenstern gehängt hatten, bevor sie die Untergeschosse aufsuchten.

Selbst die völlig überfüllten Verwundeten-Sammelstellen, Hauptverbandsplätze und Lazarette wurden gnadenlos niedergemacht. Und wieder waren es die Kinder, deren man habhaft werden konnte, die von den Außerirdischen weggebracht wurden.

Die eiserne Faust der Angreifer zermalmte die Stadt geradezu. Über Königsberg, das wahrlich ein Bild des Schreckens bot, lagen der Rauch und der Geruch der Zerstörung und des Todes.

In der Nacht war der Himmel durch die ausgedehnten Großbrände sowie fliegenden Funken hell erleuchtet. Die Straßengräben waren mit Leichen und Pferdekadavern überfüllt. Zerschossene Autos brannten aus. Dazwischen torkelten lohende Fackeln von Zivilisten, bis sie schwarzverkohlt zusammenbrachen.

Trotz all diesem Leid war der Überlebenswille einiger Weniger so stark, dem Sensenmann doch noch von der Schippe zu springen. Deshalb sammelten sich an einer unbesetzten Ausfallstraße Hunderte Frauen und Greise, um über einen Schleichweg die Stadt zu verlassen. Die Durchschleusung wurde von Resten der Divisionen so gut als möglich abgesichert.

Allerdings wurde der Fluchtversuch schnell bemerkt, so dass die gegnerischen Artilleriebeobachter ihre Geschütze neu ausrichteten, um dann die gesamte Breite der Nebenstrecke mit starkem Feuer zu belegen.

Die Alten, Frauen und gehfähigen Verwundeten wurden von dem Sperrfeuer zerfetzt. Ihre Leichenteile wirbelten wie welke Blätter im Herbstwind durch die Gassen. Ihr Blut spritzte gegen die verrußten und zerschossenen oder in Flammen stehenden Hauswände.

Erneut ein schreckliches Desaster, das den gescheiterten Durchbruch auf entsetzliche Art und Weise beendete.

In dieser »Stunde Null« war niemand mehr zum Sterben da. Außer vielleicht ein paar Versprengte, die jedoch den Fulguren, die weiterhin die zertrümmerten Straßenzüge durchstöberten, zum Opfer fielen.

Irgendwann verstummte der Donner über Königsberg. Nur noch das rasselnde Knirschen der Panzerketten, das Motorengeräusch der Truppen-LKW, das Stampfen der Fußbekleidung der marschierenden Infanterie und das Knistern der Flammen erfüllte die Luft.

Letztlich war die Hauptstadt Ostpreußens geschlagen, vernichtet, zerstört. Der Schanzdienst, zu dem der Gauleiter und Reichsverteidigungskommissar aufgerufen hatte, um die östliche Verteidigung der Reichsgrenze mit dem sogenannten »Erich-Koch-Wall«, auch »Ostpreußenschutzstellung« genannt zu gewährleisten, war fulminant gescheitert.

Unlängst später würde die NSDAP-Propaganda jedoch tatsächlich von einem »heroischen Untergang« sprechen, was eine infame Lüge angesichts des stattgefundenen Abschlachtens und in Schutt und Asche Legens der Festung Königsberg war.

Jeder im Reich wusste nun, dass der Krieg auch mitten im Land des Bernsteins angekommen war. Zukünftig würde man Ostpreußen nicht mehr mit seinen im Hochsommer wogenden Kornfeldern, den kristallenen Seen, den dunklen Wäldern und grünen Wiesen assoziieren, sondern mit Tod und Zerstörung, mit Grauen und Blut.

Und auch das Narrativ, dass Ostpreußen sicher sei, entpuppte sich als pure Propaganda des Hitlerregimes. Genauso wie die Unschlagbarkeit der Wehrmacht, wovon die ständig zurückweichende, aufgebrochene oder anders ausgedrückt, inzwischen gänzlich aufgelöste Ostfront zeugte. Tatsächlich war die ostpreußische Provinz zwischenzeitlich zu einem Aufmarschgebiet der Fulguren für ihren West-Feldzug geworden.

Der feindliche Einbruch in die deutschen Linien konnte an keiner Stelle mehr abgeriegelt oder gar stabilisiert werden. Ganz im Gegenteil. Wären es nicht die Außerirdischen, die nun vorwärts stürmten, wären es früher oder später die Russen gewesen.

Die Kriegstaktik der »Verbrannten Erde« der Wehrmacht in Russland schwappte ins Vaterland über. Alles, was den Deutschen nützlich sein konnte, wie etwa Straßen, Schienen, Brücken, Fabriken, Häuser, Felder, selbst ganze Städte und Dörfer, sowie sonstige Infrastruktur und Energie- und Wasserversorgung, wurde vom Feind zerstört. Einhergehend mit der Eliminierung und Zwangsvertreibung der Zivilbevölkerung.

Die Katastrophe, die sich längst zwischen Memel und Weichsel abspielte, blieb für niemanden mehr verborgen. Und selbst der Angriff auf die Reichshauptstadt Berlin war spätestens seit der Sportpalast-Rede Goebbels für die ganze Welt öffentlich geworden.

Das »Tausendjährige Reich« der Nazis bekam gewaltige Risse, die letztlich zu seiner endgültigen Zerstörung führen konnten.

Frisches Haff, Ostpreußen, Ostsee.

Das Frische Haff war eine flache, nur etwa zwei bis sechs Meter tiefe Meeresbucht der Ostsee. Es begann in Westpreußen rund 40 Kilometer östlich von Danzig bei Elbing und erstreckte sich bis zu 80 Kilometer in nordöstlicher Richtung ins ostpreußische Fischhausen. Durch einen vorgelagerten 70 Kilometer langen und zwei Kilometer breiten Festland-Streifen, der mehr einer Festlandzunge glich, war es vom offenen Meer fast gänzlich abgeschnitten.

Die Bewohner des südlich gelegenen Küstenstreifens bezeugten tiefen Respekt vor ihrem »kleinen Meer«, wie sie es bezeichneten. Im Frühling, Sommer und Herbst verwandelten Nordoststürme und kalter Regen das tellerflache Haff mitunter in einen brodelnden, gefährlichen Kessel. Selbst ausgezeichnete Schwimmer konnten dabei ertrinken und erfahrene Fischer flüchteten sich in den nächstgelegenen Hafen. Erst recht im Winter aber waren die unberechenbaren Witterungsbedingungen noch viel schlimmer. Die Einheimischen wussten sehr genau, dass das Eis »lebte«, was hieß, dass je stärker der Frost war, desto größer auch die Spannungen darunter. Dann drückten sich die Eisplatten ächzend gegen die Ufer, um sich in Blöcken übereinander zu schieben, die wiederum Risse erzeugten. Hinzu kam, dass Dunst, Schneefall, Regen und Nebel die Orientierung unmöglich machen konnten und damit die Sicht gleich null war.

82

Auch in diesem tragischen Januar 1943 war es den eisigen Temperaturen geschuldet, dass der einzige Durchlass zwischen dem Haff und der Ostsee, dem rund 400 Meter breiten, bis zu fünf Metern tiefen und 1,3 Kilometer langen Kanal, zugefroren war. Ansonsten hätte es für die Flüchtlinge nur per Boot die Möglichkeit gegeben, dieses sogenannte »Pillauer Tief« zu überqueren. So schlug ihnen der Frost wörtlich genommen eine »Brücke« in Form einer meterdicken Eisschicht, die das Wasser zwischen der Küste und der Nehrung bedeckte und Mensch, Pferd und Wagen tragen konnte.

Hunderttausende vor allem Alte, Frauen und Kinder wollten aus dem sich immer weiter zuschnürenden Kessel der Fulguren heraus. Deshalb blieb ihnen nichts anderes übrig, als diesen riskanten Weg über das Frische Haff zur Nehrung zu nehmen. In der Ferne lag das westpreußische Festland, das es zu erreichen galt. Und danach weiter nach Danzig, das vermeintliche Tor zur Freiheit, um dort von der Kriegsmarine heim ins Reich gerettet zu werden.

Das Haff war die einzige Möglichkeit, der schnell vorrückenden Zange des Fulguren-Heeres zu entgehen und somit die letzte Chance dem Einschließungsring, um Ostpreußen zu entkommen. So dachten die Verzweifelten jedenfalls, deren Flucht bereits zu einem Wettlauf mit dem Tod geworden war.

An den Ufern, da wo sich die Trecks zum Elendszug über das vernarbte Eis aufmachten, türmte sich das Flüchtlingsgut, bestehend aus Federbetten, Fässern mit gepökeltem Fleisch, Kisten mit Geschirr und Tafelsilber, Nähmaschinen, und Säcke mit anderem Hausrat. All dies war viel zu schwer für das Eis. Um die Last tragen zu können, wurden die größeren Plan-, die kleineren Acker-, die gewichtigen Tross- und die hochgeladenen Kastenwagen, Handkarren und ein- oder zweispännigen Holzschlitten, Pferde und Vieh im Abstand von mehreren Metern nacheinander auf die vorgesehene Strecke eingewiesen. Dabei kam es mitunter zu langen Wartezeiten, in denen die Schicksalsgenossen befürchteten, der Feind könnte weiter vorrücken. In ihrem Rücken verspürten sie die zurückgelassene Hölle, deren Ausläufer sie jederzeit einholen konnte. Die Städte und Dörfer hinter ihnen brannten lichterloh, so dass sich die zuckenden Flammen im Eis spiegelten, über das die Vertriebenen zogen.

Außer leisem Gemurmel, Kinderweinen, dem Knirschen der Wagenräder im Schnee, dem Muhen der mitgeführten Kühe und dem Schnauben der Zugpferde, die schwer zu schleppen hatten, war nichts zu hören. Eine beinahe gespenstische Atmosphäre und Szenerie.

Unter dem kilometerlangen Flüchtlingsstrom, der aussah wie eine Kette schwarzer Punkte oder wie ein dichter Waldstreifen am Horizont, befanden sich auch die Gergenhoffs und Jonescheits. Sie rollten und rumpelten mit im großen Mahlstrom der Verdammten.

Fischer, die sich in diesen Breiten auskannten, schlugen mit Hacken Löcher in das Eis und steckten kleine Tannenbäume oder Holzpfähle hinein, um einen vermeintlich sicheren Weg zu markieren. Mitunter gingen ein paar Greise und Jungen als Vorhut mit Stöcken voran, um das Eis auf brüchige oder bereits überschwemmte Stellen abzusuchen. An anderen Abschnitten glitzerten gefährliche Spalten. Ganz abgesehen von der lediglich halbwegs zugefrorenen Fahrrinne in der Mitte, in der das Wasser schwarz und unheimlich schimmerte.

Alle halfen zusammen, um diesen Widrigkeiten zu trotzen. So karrten Bauersleute aus den Wäldern Bäume heran, die zusammengebunden und zusätzlich noch mit Eisen geklammert wurden, um die Eiskanten miteinander zu verbinden. Darauf nagelten sie Bohlen, so dass letztlich bedrohlich schwankende und knarrende Brücken entstanden. Aber immerhin taugliche Übergänge.

Gregor und Marie Gergenhoff führten ihre Trakehner an den Zügeln, wechselten sich nur sporadisch mit den Insassen der beiden Fuhrwerke der Jonescheits ab, um sich wenigstens für eine kurze Zeit von dem anstrengenden Fußmarsch zu erholen. Längst waren die Gespräche zwischen ihnen versiegt. Die eisigen Temperaturen machten ihnen immer mehr zu schaffen. Schon vor Stunden hatten sie das zugefrorene »Pillauer Tief« überquert, aber der Weg über die Nehrung zum westpreußischen Festland war noch weit. Und sie wussten, dass aufgrund der körperlichen und auch geistigen Konstitution nicht jeder unter ihnen in der Lage war, diesen zu bewältigen. Viele würden freiwillig aufgeben müssen, um irgendwo am Rande der Fahrspur an, die sich auf dem Eis gebildet hatte, zu sterben, oder von Kälte, Erschöpfung oder Hunger dahingerafft wurde. Vielleicht auch jemand von den Familien der Gergenhoffs und Jonescheits.

Als ob die dunkle Prophezeiung sich verwirklichen würde, brach das Unglück schon ziemlich früh über sie herein. Noch nicht einmal ein Drittel der Strecke hatten sie bewältigt, als Edda, die hinter ihren Eltern und neben ihrer Schwestern auf einem der Fuhrwerke saß, mit überkippender Stimme ihrem Vater zurief: »Papa, Jette bewegt sich nicht mehr und ist so kalt!«

Während Gerda Jonescheit ein spitzer Schrei entfuhr, als sie sich auf dem Kutschbock umdrehte, hielt Ulrich Jonescheit das Gespann neben der Fahrspur an, um den anderen Wagen nicht den Weg zu versperren. Hinter ihm kam das Gefährt seines Vaters Johann mit seiner Mutter Christa zum Stehen. Und auch Gregor und Marie, die Pferde an den Zügeln haltend, verhielten.

Der große schlanke Mann mit dem pechschwarzen Haar kletterte vom Kutschbock zum hinteren Sitz. Edda starrte ihn mit ihren jadegrünen Augen entsetzt an. Dabei stachen die Sommersprossen wie winzige rote Käfer aus ihrem blassen, spitzgewordenen Gesicht.

»Liebling ...« Ulrich nahm den Kopf von Jette in beide Hände, zog ihr die Wollmütze zur Hälfte über das kupferfarbene Haar hoch, um sie besser betrachten zu können.

Wahrlich, ihre Haut war eiskalt. Und ihre Augen starrten einfach gerade aus. Völlig blicklos und – ohne jegliches Leben! Kein Atmen mehr, kein Herz- oder Pulsschlag.

Der Vater merkte, wie sein Magen flau und seine Kehle rau wurde. Das konnte doch nicht sein ...

Inzwischen war auch Gerda bei ihrer Tochter, nahm sie sanft aus dem Griff ihres Gatten, wiegte sie in ihren Armen. Die noch vor kurzem so lebendige, liebe und hübsche Heranwachsende war auf diesem elendigen Treck wie ein lausiger Hund erfroren.

ERFROREN!

Mit dieser grausigen Erkenntnis kamen die Tränen, die Schreie, die Frage nach dem warum und weshalb Gott so etwas zuließ. Ein solch unschuldiges Geschöpf einfach so aus der Welt zu holen.

Auch Ulrich weinte. Genauso wie die Großeltern und wie Gregor und Marie. Ganz abgesehen von Edda, die so laut vor seelischer Pein schrie, wie noch nie zuvor in ihrem kurzen Leben.

Aber irgendwann erkannten sie, dass der Überlebenswille der übrigen Familie über die Trauer gestellt werden musste. So schwer es fiel und so bitter es war. Ansonsten würden sie allesamt auf dieser Strecke sterben!

Währenddessen zog die Kolonne aus Treckwagen mit den in Decken eingehüllten hohlwangigen, müden und abgespannten Vertriebenen teilnahmslos an ihnen vorbei. Viele Frauen mit schmuddeligen Kopftüchern, die zu Fuß gingen, das Unglück am Rande der Fahrspur ignorierend, weil sie ihre eigenen Sorgen hatten oder weil der Tod längst seinen Schrecken verloren und sie abgestumpft hatte. Nur ab und an blickte der eine oder die andere zu ihnen hinüber.

Für den Jonescheits und Gergenhoffs jedenfalls kam die Zeit des endgültigen Abschieds. Natürlich war es unmöglich, Jette hier irgendwo zu begraben. Dementsprechend musste improvisiert werden.

Ulrich hüllte den leblosen, steifgefrorener Körper in ein Laken ein, so als wollte er ihn vor den Temperaturen schützen. Dann hackte er ein Loch ins Eis, geradeso groß, dass er seine eigene Tochter auf einem Brett hindurchschieben konnte.

Sofort danach versank Jette für immer und ewig im eisigen Wasser des Frischen Haffs. Gestorben und erfroren auf einer unsäglichen Flucht vor einem barbarischen Feind.

Noch einmal schrien die Familienmitglieder ihren Schmerz hinaus. Dann zwangen sie sich dazu, sich wieder in den endlosen Zug der Verdammten einzureihen, um den Leidensweg fortzusetzen. Vollkommen bewusst darüber, dass die gleißend weiße Fläche keinerlei Schutz vor feindlichen Angriffen bieten würde. So schwebte diese allgegenwärtige Gefahr zusätzlich wie ein Damoklesschwert über ihren Häuptern.

Jetzt fing es wieder zu schneien an. Die großen Flocken, die aus dem grauen Himmel mit den noch graueren dicken Wolken rieselten, fielen so dicht, dass die markierte Strecke nur zu erahnen war. Zudem trieb der frostige Wind den Flüchtlingen messerscharfe Kristalle in die Gesichter. Die Schneewand sog das fahle Winterlicht wie ein Schwamm auf.

Deshalb kam es, dass viele Treckwagen steckenblieben, schlimmer aber, vom sicheren Weg abkamen, umkippten und im Eis einbrachen. Mitunter erreichten sie Stellen, in denen die Eisfläche nur wenige Zentimeter dick war und deshalb sofort nachgab, um Menschen, Tiere und Gespanne in die bitterkalte, dunkle Tiefe der Ostsee zu ziehen. Manchmal nur halb, so dass Teile der Verdecke oder gar Pferdeohren grotesk aus dem Wasser herausragten. Hinzu kamen unzählige tückische Wasserlöcher und Eisspalten.

Die Treckfahrer versuchten verbissen, sich damit zu behelfen, den Fahrspuren des jeweiligen Vorwagens zu folgen. Doch lange ging das nicht gut, weil diese schnell zuwehten. Dementsprechend vergrößerten sich die Abstände zwischen den einzelnen Gespannen stetig.

Immer wieder passierten die Flüchtlinge erfrorene Leichen zu beiden Seiten der Treckstraße. Darunter viele Kinder, die man einfach hatte liegenlassen müssen. Ihre steifen Arme, Hände und Füße ragten wie erstarrte Gliedmaßen von Riesenkäfern in das Schneegestöber hinein. Die Gesichter gelb, spitz und so starr wie Marmor mit weit aufgerissenen Augen, die an kalte Murmeln erinnerten und verzerrten Mündern. Manche halb offenstehend, als hätten sie noch im Sterben etwas in die alptraumhafte Welt schreien wollen.

Niemand kümmerte sich darum. Die Strapazen, die jeder Einzelne ertragen musste, waren weitaus schlimmer als das stumme Beklagen des Todes.

Zu den massenhaften Erfrierungen kamen Hunger, Durst und das Übermaß an Anstrengungen hinzu, das viele das Leben kostete. Frauen der Nationalsozialistischen Volkswohlfahrt und des Roten Kreuzes verteilten notdürftig mickrige Rationen von kalter Suppe und Brotkanten, um wenigstens den Hungertod ein wenig einzuschränken. Auch Krankheiten weiteten sich wie eine biblische Plage aus. Neben Lungenentzündungen und schweren Erkältungen auch Blasenkatarrhe sowie die Ruhr. Nicht zu vergessen, die gewöhnlich nach dem zehnten Tag der Flucht einsetzende »Treckpsychose«, die mit starken Angstgefühlen, Kopfschmerzen, Schwindel und Schlaflosigkeit mit quälender Unrast einherging. Das alles mussten die Vertriebenen inmitten dieser Schnee- und Eishölle ertragen.

Zum Schneefall wehte ein heftiger Ostwind, der mitunter das Wasser über das Eis trieb. Jene Menschen, die zu Fuß gingen, tasteten sich beim Waten durch Zentimeter hohe Lachen mit den Stöcken vorwärts, vorbei an Wagen, die bereits bis zu den Achsen versunken waren. Dennoch rutschten sie häufig dabei aus, durchnässten sich und mussten sich dann mit triefender Kleidung und schwerfälligen Bewegungen weiterschleppen. Kein Wunder, dass unzählige von ihnen erfroren.

Ein Mitfahren auf fremden Fuhrwerken, um die Strapazen des Fußmarsches wenigstens ein wenig erträglicher zu machen, war kaum möglich. Denn dann hätten die Gespannführer Hausrat oder Möbel zurücklassen müssen, was die allermeisten natürlich strikt ablehnten.

Trotz all dieser bereits bestehenden widrigen und menschenunwürdigen Zustände verschlimmerte sich die Situation noch. Und es trat da ein, was viele längst befürchtet hatten und deshalb Stoßgebete gen Himmel geschickt hatten, dass dies nicht eintreffen möge.

Vergeblich.

Vom Ufer des Festlandes aus begannen die Fulguren damit, den Eiskorridor wahllos zu beschießen!

Das jäh wie aus dem Nichts aufklingende Krachen der feindlichen Geschütze kam den meisten ohrenbetäubender vor, als alles andere, was sie bisher gehört hatten. Genauso wie das Heulen und Jaulen über dem Haff. Das lag daran, dass sie, bis auf die monotonen Geräusche, die eine Treckkolonne in dieser Größe verursachte, lediglich die Laute der Natur vernommen hatten. Einschließlich des Wellenschlags der See.

Jetzt aber grollte, donnerte und blitzte es über und um sie herum wie bei einem schweren Gewitter.

Aufgrund der immer näher kommenden Geschosseinschläge duckten sich die Flüchtlinge neben die Deichseln oder hinter ihre Fuhrwerke. Genauso wie die Gergenhoffs und Jonescheits. Andere legten sich eng nebeneinander auf das unter den Detonationen bebende Eis. Natürlich brachte all das keine Sicherheit, aber irgendetwas mussten sie einfach tun, um dem Bombardement nicht völlig hilflos ausgeliefert zu sein.

Die feindlichen Artilleriebeobachter richteten in dem weiter vorherrschenden Schneetreiben ihre Geschütze immer effektiver aus.

Überall um die Vertriebenen herum spritzten Fontänen hoch, gingen Granaten nieder, rissen riesige Löcher in die mitunter meterdicke Eisfläche. Diejenigen schweren Kaliber, die trafen, zerfetzten Gespanne, Menschen und Pferde. Hinzu kamen die Eis- und Granatsplitter, die als eigenständige Geschosse durch die Luft schwirrten. Schnee und Eis färbte sich rot vor Blut. Kinder winselten aus Angst, Babys weinten, zahlreiche Frauen erlitten einen Nervenzusammenbruch, Greise stöhnten wegen der Vorstellung, was noch kommen mochte, und allgemeine Schreie durchschnitten den eisigen Tag.

Auch die Gäule von Johann gingen wiehernd und von Panik erfüllt durch, bäumten sich in den vereisten Geschirren auf und stürzten vorwärts, den Wagen mit sich ziehend, direkt auf eine von einer Granate gerissenen Eisspalte zu. Die tierischen Instinkte schienen in diesem Inferno, das das Haff überzog, nicht mehr ausschlaggebend. Erst kurz vor dem Eisbruch versuchten die Gespannpferde scharf nach rechts auszuweichen. Dabei fiel der Alte vom Kutschbock, während seine Frau sich aus Reflex daran festhielt. Ein großer Fehler wie sich gleich darauf erwies.

Beinahe hätten die Gäule es mit dem Ausweichmanöver noch geschafft. Aber in diesem Moment zertrümmerte eine weitere Granate nur drei Meter von ihnen entfernt das Eis. In diese entstandene Spalte raste das Fuhrwerk in vollem Tempo hinein.

Im Nu versanken die Tiere samt dem Wagen im eisigen Wasser.

Trotz seiner fortgeschrittenen Jahre und seiner Kriegsverletzung reagierte Johann, der der der Unglücksstelle am nächsten war. Er warf sich neben den Bruch zu Boden, robbte mit seinem nachschleifenden linken Bein an die Kante heran, streckte beide Arme aus, um Christa zu retten.

Verzweifelt stemmte sich seine Gemahlin auf einer unter ihr befindlichen Eisscholle gegen das Versinken. Nur um wenige Zentimeter verfehlten sich ihre Hände.

Es war zu spät.

In Sekundenschnelle ging die beleibte Frau mit offenen Augen und verzerrtem Mund samt der Eisscholle im frostigen Grab der Ostsee unter. Genauso wie Unzählige vor und nach ihr.

Innerhalb kürzester Zeit hatten die Jonescheits zwei Verluste erlitten. Zuerst Jette und nun Christa. Würde überhaupt irgendjemand ihrer Familie dieses namenlose Grauen überleben?

Ulrich half seinem Vater, der nach wie vor auf dem Eis lag, wieder auf die Beine. Lauthals beklagte Johann den Tod seiner Gattin. Und auch der Sohn hatte seine Mutter verloren.

Abrupt hörte das Bombardement auf, was verwunderlich war. Eine trügerische Ruhe legte sich über das Meer.

Gregor drängte darauf, weiterzuziehen, um vom Haff, das eine Zielscheibe für die Fulguren geworden war, endlich fortzukommen.

Johann kletterte scherfällig und immer noch heulend auf den Kutschbock des einzig verbliebenen Wagens, den er sich nun mit Ulrich, Gerda und Edda teilte. Gregor und Marie nahmen ihre Trakehner an den Zügeln. Sie wollten nicht aufsitzen, befürchten sie doch einen abermaligen Beschuss, bei dem die Pferde durchgehen und somit die Reiter gefährden könnten.

Die Vertriebenen, die sich mit letzter Kraft über das schmale Haff schleppten, mussten nun noch mehr auf der Hut sein. Denn in den von den Granaten gesprengten Eislöchern bildete sich bei über minus 20 Grad Kälte schnell eine dünne Eisschicht, die keinerlei Gewicht tragen konnte. Und alles, was in diese tückische Falle lief oder rollte, brach unweigerlich ein.

Das Leid, das die Flüchtlinge ertragen mussten, war unermesslich. Und dennoch sorgten Überlebenswille, Zähigkeit und vor allem Hoffnung dafür, dass es rund 450.000 Menschen doch noch über das Frische Haff ans Ufer schafften.

Im Frühling, wenn das Eis wieder schmolz, würde mit ihm auch sämtliches Elend, das sich einst dort ereignet hatte, verschwinden wie ein Spuk, den es nie gegeben hatte. Nur die Erzählungen und Erfahrungsberichte der Überlebenden würden im kollektiven Bewusstsein der Deutschen niemals ausgelöscht werden können.

Doch auch auf dem Festland kam es zu selbstverschuldeten Unglücken. So drängten sich die Fuhrwerke auf den engen, verschneiten Wegen und im Schutz der schütteren Kiefernwälder, mitunter gegenseitig die Böschung hinab. Daraus resultierend blieben oftmals die Schwächsten, insbesondere Kinder und Greise, verletzt oder unterkühlt einfach am Straßenrand liegen, um zu sterben.

Diejenigen, die unbeschadet weiterkamen, versuchten sich, körperlich und geistig völlig erschöpft, wenigstens bei einer kurzen Rast zu erholen.

So standen auch die Gergenhoffs und Jonescheits neben ihrem Fuhrwerk bei einem schwach qualmenden Holzfeuer beisammen, das von den umliegenden Bäumen weitgehend verdeckt wurde. Nur ein wenig aufwärmen, die durchnässte Kleidung trocknen und auf spitzen Stöcken gespießte rohe Kartoffeln braten und vielleicht sogar eine Mütze Schlaf finden.

Dann zogen die Flüchtlingstrecks auch schon weiter Richtung Danzig.

Endlich, nachdem sie das verfluchte Haff überquert hatten, glaubten sie sich zunächst in Sicherheit.

Niemand wollte sich ernsthaft vorstellen, dass ihr Martyrium noch lange nicht zu Ende war.

Und doch war es so.

SIEBTES KAPITEL

Königsberg, Hauptstadt der preußischen Provinz Ostpreußen.

Wir sind schon wieder zu spät!
Diese Worte zuckten wie Feuerstöße durch Max Steiners Bewusstsein, als die Einheiten der HG Berlin die preußische Hauptstadt erreichten.

Zuerst Nemmersdorf, dann Metgethen und jetzt Königsberg. Überall, wo sie hinkamen, war nur Tod und Zerstörung zurückgeblieben. So auch hier.

Durch die verheerenden Feuerstürme, die hier gewütet hatten, waren vom Dom, dem Hohenzollernschloss, der Universität, den Kirchen, den klassizistischen Gebäude im Zentrum und von den alten Speichern am Hafen nur noch ausgebrannte Ruinen übriggeblieben. In manchen Stadtteilen jedoch waren die Flammenmeere nicht erloschen, fraßen sich vielmehr weiter, um ihren Zerstörungshunger zu stillen.

Erneut ordnete Generalfeldmarschall von Manstein an, dass das Gros der Heeresgruppe ohne Verzögerung Richtung Danzig ziehen sollte. Völlig zu Recht vermutete er, dass sich dorthin die Flüchtlingsströme aus Ostpreußen bewegten, das Fulgurenheer dicht auf ihren Fersen.

Der Gedanke, den bereits Steiner gehabt hatte, nicht schon wieder zu spät zu kommen, beherrschte auch die Planung des Generalstabes. Dementsprechend verstärkte dieser die Anstrengungen, die Marschgeschwindigkeit noch weiter zu erhöhen, um die Kampfverbände der Fulguren einzuholen, bevor sie in Danzig standen. Schließlich hatte sich an Hitlers Weisung nichts geändert, im Preußenland deutsche Flüchtlinge aufzunehmen. In Ostpreußen war dieses Vorhaben aufgrund des Blitzvorstoßes der Greys gescheitert. In Westpreußen sollte es gleich gar nicht so weit kommen. Ganz gewiss wollte Manstein dem Führer nicht mit »leeren« Händen gegenüberstehen.

Wieder einmal waren es die Kompanien des erfahrenen Infanterieregiments 534, der 384. Infanteriedivision, VIII. Armeekorps der 6. Armee, das bislang zuständig für die Eingliederungs- und Rückzugskolonnen verantwortlich war, das zurückbleiben musste, um Königsberg nach deutschen Überlebenden zu durchstöbern. Ganz gleich, ob es sich dabei um Einwohner oder Vertriebene handelte. Nach Friedrich Paulus mysteriösem Verschwinden gliederte sich die Befehlskette der 6. Armee nach unten absteigend wie folgt: Oberbefehlshaber war Generalmajor Claus von Lüttwitz. General der Artillerie Walter Heitz der kommandierende General des VIII. Armeekorps. Oberst i. G. Friedrich Schildknecht stand Divisionskommandeur Generalmajor Eccard Freiherr von Gablenz vor. Oberst Grauner war der Kommandeur des 534. Infanterieregiments.

Es wurden fünf Kompanien von je 150 Mann abgestellt, die die Stadt systematisch absuchen sollten. Diese wiederum waren in verschiedene Züge zu je 40 Soldaten unterteilt. Steiner, Hedrich, Küssling und Schindler waren jenem Zug anbefohlen, den ausgerechnet der »Schinderhannes« anführte. Dementsprechend war nichts anderes zu erwarten, als dass der Leutnant seine Männer mit martialischen Sprüchen oder Beschimpfungen durch die Ruinen jagte.

Erneut bot sich den Landsern ein Kaleidoskop des Grauens, das sich nahtlos in jene der Städte einreihte, in denen die HG Berlin auf ihrem Weg nach Westen durchgekommen war.

Armin Wolffs Zug durchkämmte sämtliche Gebäude – oder besser gesagt, das, was von ihnen übrig geblieben war – von der Pregel über die Poststraße, den Kaiser-Wilhelm-Platz bis zur Bollwerkgasse. Und von dort über den ebenfalls zerstörten Holländerbau. Doch nirgends fanden sie Überlebende.

Damit meinte Leutnant Wolff seine Dienstpflicht erfüllt zu haben. Er befahl seinem Zug wieder zur Umkehr zum Sammelplatz, von dem sie aus aufgebrochen waren. Mit einer Ausnahme.

»Steiner und Hedrich – Sie werden noch drüben in der Eisenbahn-Hauptwerkstatt nachsehen. Danach kommen Sie zurück!«

Die beiden Freunde warfen sich einen überraschten Blick zu. Warum ausgerechnet sie mit einem Sonderauftrag bedacht wurden, erschien ihnen zunächst nicht einsichtig. Doch als sie dem fiesen Grinsen des kahlköpfigen »Schinderhannes« und seinen boshaft funkelnden Froschaugen gewahr wurden, wussten sie, dass dies eine Art »Abreibung« für sie war. Wahrscheinlich hoffte der verfluchte Sadist darauf, dass sie in eine Sprengfalle liefen. Damit würden zwei »Aufmüpfige« weniger in seinen Reihen tanzen, wie er sie ab und an bezeichnete.

»Sind Sie etwa taub? Oder haben Probleme damit, meinem Befehl nachzukommen?«, spielte sich Wolff in seiner ihm eigenen Art auf, als die beiden Landser nicht gleich spurten.

»Natürlich nicht, Herr Leutnant«, gaben Steiner und Hedrich beinahe zeitgleich zurück. Dann brachen sie auf.

Um zur Eisenbahn-Hauptwerkstatt zu kommen, mussten sie zunächst zur Reichsbahnbrücke. Aber auch diese war zerstört. Deshalb blieb ihnen nichts anderes übrig, als über eine Notbrücke und auf Umwegen nach Ponrath zu gelangen. Dieser südliche Stadtteil von Königsberg, südwestlich des Habergs gelegen, war einst an friedlichen Sonntagen ein erquickliches Ausflugsziel für viele Einwohner gewesen, die die hohen wilden Bäume sowie den an dieser Stelle grandiosen Ausblick auf die Stadt genossen. Doch nun war auch in diesem Bezirk von alledem nichts mehr übrig. Außer verrußte und teilweise noch brennende Ruinen, übersät mit verbrannten und entstellten Leichnamen. Oder mit Schlackehaufen, die auf die Energiewaffen der Fulguren zurückzuführen waren.

Wieder einmal war augenfällig, dass unter den zahllosen Opfern die Kinder fehlten.

Die beiden Freunde folgten den Gleisen. Wenig später entdeckten sie das riesige Gebäude der Eisenbahn-Hauptwerkstatt. Seltsamerweise zeigte es keinerlei Zerstörungen auf, mutete beinahe unheimlich zwischen all den Rudimenten und Trümmern an.

Ein normalspuriges Gleis führte über Schiebebühnen und Drehscheiben zu den mechanischen Werkstätten und Lokomotivmontagen, ergänzt durch eine ausgedehnte Schmalspuranlage. In Friedenszeiten besorgte eine Kranlokomotive mit Oberleitung den Verschiebedienst. Und selbst diese war nicht beschädigt. Daneben gab es eine Lackiererei, eine Kupferschmiede, einen Lokomotiv-Anheizschuppen, eine Kesselschmiede und eine Eisengießerei, verschiedene Turmdrehkräne, Magazingebäude, Eisenlager, Holz- und Kohlelagerschuppen sowie ein Verwaltungs-, und ein Betriebsbürogebäude.

Sämtliche Bauten machten den Eindruck, als würden sie noch in Betrieb sein, was angesichts des verheerenden Fulgurenangriffs natürlich absurd war. Dennoch passte die Eisenbahn-Hauptwerkstatt keineswegs in das Stadtbild des mitunter völlig zerstörten Königsbergs.

»Wir müssen vorsichtig sein«, meinte Julius, dem das alles genauso spanisch vorkam, wie seinem besten Freund.

Steiner nickte nur. Längst hatte auch sein durch jahrelange Kämpfe gestählter Instinkt Alarm geschlagen. Womöglich stand die Werkstatt nicht leer, sondern war noch immer von Fulguren besetzt. Vielleicht wurden in den ausgedehnten Lagern und Hallen sogar deutsche Gefangene gehalten, wer wusste das schon?

Die beiden Landser schlichen neben den Gleisen und im Schutze der Ruinen näher an die gigantische, aber unbeschädigte Anlage heran. Nicht einmal kam ihnen der Gedanke, zu ihrem Zug zurückzukehren, um den Leutnant über ihre Entdeckung zu informieren. Würden sie sich täuschen, dann wären sie für immer und ewig das Gespött des Regiments. Dafür würde der »Schinderhannes« schon sorgen.

Bei den technischen Betrieben war alles ruhig. Doch je näher sie den Magazinen und Werkstätten kamen, umso aufmerksamer registrierten sie leises und monotones Gemurmel von hellen Stimmen aus einem gekippten Fenster heraus.

»Verfluchte Scheiße, das sind Kinder!«, entfuhr es Julius unwillkürlich.

Steiner rieselte eine Gänsehaut über den Rücken, die jedoch keineswegs den Temperaturen weit unter null geschuldet war.

Nun mussten sie noch mehr auf der Hut sein! Denn ganz bestimmt waren die Kleinen nicht alleine, sondern wurden von den außerirdischen Bastarden bewacht.

Kaum hatte Steiner diesen Gedanken zu Ende gebracht, näherte sich plötzlich aus einem Weg zwischen der Eisengießerei und den Magazinen ein feindlicher Trupp. Die Greys

bewegten sich äußerst vorsichtig, so als wollten sie keineswegs von den Deutschen, die die Stadt durchkämmten, entdeckt werden. Denn ihr eigenes Heer war längst weitergezogen und somit hätten sie dem Feind wohl nicht viel entgegenzusetzen.

»Vielleicht müssen wir doch Meldung machen, damit die Kinder befreit werden können«, raunte Hedrich seinem Freund leise zu. Inzwischen standen sie hinter der Gießerei und spähten an einer Ecke daran vorbei.

»Du hast Recht. Das hier ist eine Hausnummer zu groß für uns ...«

Weiter kam Steiner nicht. Denn jäh in ihrem Rücken klangen Schritte auf.

Greys!

Die Landser schafften es gerade noch, sich hinter dem Stützrahmen eines Krans zu verbergen, um nicht selbst entdeckt zu werden. Dennoch saßen sie jetzt in der Falle. Vor ihnen befanden sich zwei Dutzend Fulguren und hinter ihnen dieselbe Anzahl noch einmal.

Zum Glück waren sie bislang nicht auf die Eindringlinge aufmerksam geworden. Und so sollte es auch bleiben. Dennoch war das mehr oder weniger eine Milchmädchenrechnung. Sobald eine Fulgurenstreife am Stahlträger des Krans vorbeiging, würden sie garantiert auffliegen.

Minuten vergingen. Keiner der Wachtposten machte Anstalten, die Position zu wechseln. Dementsprechend mussten sich

Steiner und Hedrich selbst aus der misslichen Lage bringen. Der Weg nach vorn, also hin zu den Gleisen und damit aus dem unmittelbaren Gefahrenbereich, war verwehrt. Blieb nur eine Möglichkeit.

Max stupste seinen Freund an und deutete zu den riesigen Metallblöcken hinüber, die entweder als Rohmaterial für die Gießerei benutzt wurden oder lediglich Überbleibsel eines Produktionsvorganges darstellten.

Die metallenen Klötze befanden sich etwa zehn Meter hinter ihnen. Bis dahin musste sie es ungesehen schaffen, um diese ebenfalls als Deckung nutzen zu können. Mit ihrer Kompaktheit stellten diese eine weitaus bessere Versteckmöglichkeit dar.

Aber zunächst einmal mussten sie dort hinkommen!

Es war russisches Roulette! Von ihrer Position aus konnten die Landser nicht sehen, ob die Greys in ihre Richtung blickten. Taten sie es, waren sie unweigerlich aufgeflogen.

Steiner war der Erste, der es wagte. Er biss die Zähne so fest zusammen, dass sie knirschten, und rannte los. Die wenigen Meter, in denen er sich vorkam wie ein Hase auf freiem Feld, umgeben von einer Horde schießwütiger Jäger, schaffte er trotz seiner Winterbekleidung und Ausrüstung in seiner persönlichen Bestzeit. Als er keuchend hinter einem der Metallblöcke kauerte, lief ihm der Schweiß von der Stirn in die Augen. Sein Herz trommelte ihm so wild gegen die Brust, dass es schmerzte.

Jetzt gab er Julius ein Handzeichen.

Komm, Freund! Du schaffst es genauso wie ich!

Tatsächlich gelang es Hedrich ebenfalls, unbemerkt die neue Deckung zu erreichen. In seinem blassen Gesicht spiegelte sich große Erleichterung.

Doch dieser Etappensieg täuschte nicht darüber hinweg, dass sie nach wie vor in der Falle saßen. Wenn auch nicht mehr auf dem sprichwörtlichen Präsentierteller.

Die Landser warteten weitere zehn Minuten ab, ohne, dass sich drüben bei der Eisengießerei etwas tat. Die Wachtrupps der Fulguren behaupteten weiterhin ihre Position.

Geduckt huschten Steiner und Hedrich hinter den Metallblöcken zur Rückseite eines der Magazingebäude hinüber. Dort hatte sich allerlei Gerümpel angesammelt. Die Männer mussten aufpassen, dass sie nicht darüber stolperten und wegen des dadurch entstehenden Lärms die Außerirdischen auf sich aufmerksam machten.

Das monotone Gemurmel aus dem Inneren des Gebäudes war hier lauter. Es handelte sich allesamt um sehr helle, also kindliche Stimmen. Keine einzige von einem Erwachsenen war darunter.

Während Julius Schmiere stand, lehnte Max eine Holzleiter an die Rückwand und stieg die Stufen zum gekippten Fenster hinauf. Er musste unbedingt herausfinden, was sich dahinter abspielte.

Die dickverglaste Scheibe war dreckverschmiert, so dass er zunächst mit dem Ärmel seiner Uniform vorsichtig ein kleines Guckloch freimachte.

Der dahinterliegende Raum wurde nur vom Tageslicht ausgeleuchtet.

Aber das, was er gleich darauf sah, schockierte ihn. Hunderte von Kindern, Mädchen und Jungen im Alter von drei bis dreizehn Jahren wie Steiner schätzte, gingen wie seelenlose Maschinen auf- und ab. Dabei murmelten sie irgendetwas Unverständliches vor sich hin, was sich beinahe wie ein Singsang anhörte. Gerade so, als würden sie unter einem fremden Zwang stehen.

Wie ferngesteuert ...

Tatsächlich hielten die Fulgurenwachen fremdartig anmutende, handtellergroße Geräte in den dürren Fingern, auf denen sie ab und an rotleuchtende Anzeigen drückten.

Freilich konnte Steiner nichts von diesen »Hypnosemodulen« wissen, die die Fulguren benutzten, um die Kleinen fremd zu bestimmen. Mit jenen konnten Schallwellen ausgelöst werden, die für Erwachsene nicht zu hören waren und nur vom kindlichen Hörsinn erfasst wurden. Die mechanischen Schwingungen riefen bestimmte Druck- und Dichteschwankungen hervor, die ganz spezielle Schallwellen bildeten, die nur von den Kindern wahrgenommen werden konnten. Ähnlich wie Infraschall, dessen Frequenz unterhalb der menschlichen Hörfläche lag, verhielt es sich bei ihnen mit dem Hörfeld von ausgewachsenen Menschen. Dementsprechend waren nur Sprösslinge bis zur Pubertät in der Lage, diesen spezifischen Pegelbereich zu registrieren.

Die Jungen und Mädchen werden hier regelrecht gehalten wie in einer Irrenanstalt, schoss es Steiner unwillkürlich durch den Kopf.

Und dann war da noch diese Maschine.

Diese schreckliche Vorrichtung, die an der hinteren Wand stand und aussah wie ein elektrischer Stuhl. Dieser absurde Vergleich jedenfalls fiel Steiner ein, als er die Augen zu schmalen Schlitzen verengte, um besser durch das Guckloch der verschmutzten Scheibe spähen zu können.

Tatsächlich ähnelte die grässliche Apparatur dem berüchtigten Hinrichtungsgerät. Allerdings bestand sie aus einem glänzenden metallähnlichen Stoff und nicht aus einer Holzvorrichtung. Und es wurde wohl auch kein Strom weitergeleitet.

Auf dem Metallstuhl saß ein Mädchen. Höchstens sieben Jahre alt, mit glatt geschorenem Kopf.

Dennoch schien es Steiner irgendwie vertraut. Und je länger er es betrachtete, desto sicherer war er. Und dann erkannte er es, trotz der rasierten Haare.

Das war Sofia!

Das Mädchen gehörte zu den russischen Flüchtlingen, die von der ausrückenden 6. Armee aus Stalingrad mitgenommen worden waren. Genauer von seinem Regiment. Ebenso wie Anastasia und ihr Bruder Sergej. Doch aufgrund eines Gefechts wurden Steiner und seine Kameraden damals mit einem Teil der Zivilisten von der 6. Armee getrennt und mussten sich alleine durchschlagen, bis sie wieder auf ihre Einheiten stießen. Zuvor machten sie Rast in einem Waldlager in der Nähe von Nowy Rogatschik, einer Siedlung in der Oblast Stalingrad. Dort wurden außer Sofia noch drei weitere Kinder von den Außerirdischen entführt.

Steiner ließ seinen Blick durch den Raum schweifen, betrachtete jeden einzelnen Sprössling ganz genau. Und tatsächlich, auch Artjom, Mischa und Lilja, wie die anderen kindlichen Geiseln hießen, befanden sich in dieser Halle. Wie und warum sie hergebracht worden waren, entzog sich seiner Kenntnis.

Gleich darauf konzentrierte er sich wieder auf Sofia, die nach wie vor in dieser fremdartigen Vorrichtung saß. Breite Gurte um Arme, Brust und Beine fixierten sie, so dass sie sich keinen Deut bewegen konnte. Dagegen steckte ihr kahlgeschorener Kopf in einer Schraubzwinge. Hinzu kam ein Kinnriemen, der so stark angezogen war, dass er tief in das kleine Gesichtchen schnitt. Ein Schreien war damit unmöglich. Deshalb sah der Mund unnatürlich verzerrt aus. Dadurch erschien das kindliche Antlitz mit den weitaufgerissenen Augen wie eine schreckliche Grimasse aus einer Geisterbahn.

Als Steiner noch genauer hinsah, steigerte sich sein Entsetzen. Am Mittelteil der Rückenlehne, die mit einem Schieberaster eingestellt war und so der entsprechenden Körpergröße angepasst werden konnte, befand sich eine schmale Stange. Von dieser wiederum gingen verschiedene dünne Greifarme ab, die mit langen Nadeln besetzt waren. Dieselbe tentakelartige Vorrichtung gab es an den breiten Armlehnen des Metallstuhls.

Der Landser war so sehr in den grausigen Anblick vertieft, dass er erst mitbekam, dass Julius unter ihm unabsichtlich gegen die Leiter stieß, als es schon fast zu spät war. Nur mit äußerster Mühe gelang es ihm, das Gleichgewicht zu halten und sich wieder auf das Geschehen hinter dem Fenster zu konzentrieren.

Denn dort geschah in diesem Moment Unfassbares mit der kleinen Sofia!

Die spitzen Nadeln der abstrakten Konstruktion bohrten sich an verschiedenen Stellen tief in sämtliche Schlagadern des Mädchenkörpers. Und davon gab es zahlreiche. Wie etwa die Hauptschlagader, die sogenannte Aorta, sowie die Lungen-, Arm-Kopf-, Hals-, Schlüsselbein-, Leber-Milz-Magen, Gekröse-, Nieren-, Becken-, Oberarm- und Oberschenkelschlagadern.

Zeitgleich wurden alle diese *genadelt*!

Sofias ohnehin verzerrter Mund wurde noch schiefer vor Schmerz und Pein.

Doch damit nicht genug!

Der aus ihr entzogene rote Lebenssaft wurde durch die Nadeln weiter in die Greifarme transportiert und floss dort zu einem Behälter.

Alles ging rasend schnell. Nach nicht einmal 20 Sekunden war Sofia vollkommen ausgeblutet und tot. Ihre marmorweise Haut veränderte sich, bekam Runzeln und Falten, alterte ebenfalls im Nu, bis nur noch ein mumifizierter Körper übrig blieb. Dieser völlig unnatürliche Alterungsvorgang hatte sich binnen weniger Augenblicke abgespielt, so als würde das Mädchen in einer von H. G. Wells entworfenen Zeitmaschine sitzen, die mit Vollgas ihre Lebensjahre bis zu ihrem Tod herunterspulte. All das war weder physikalisch noch medizinisch erklärbar!

Zumindest glaubte Steiner das, der von Wissenschaft nicht viel Ahnung hatte. Vielmehr war er starr vor Entsetzen. So etwas Grauenvolles hatte er nie zuvor in seinem Leben gesehen. Selbst die Gräuel des Krieges verblassten dagegen. Wie konnte man einem Kind das antun? Und zu was benötigten diese verfluchten außerirdischen Bastarde das Blut von Jungen und Mädchen?

Jetzt lösten sich die Greifarme und auch die Gurte dieser »Blutmelkmaschine« von der Kindermumie, so dass der völlig verwelkte Körper raschelnd wie uralter Papyrus zu Boden fiel.

Sofort kamen Greys mit einem großen Container heran und warfen die sterblichen Überreste des Mädchens hinein. Obendrauf sah Steiner zwei weitere bekannte Gesichter, die kaum mehr Ähnlichkeit mit den ursprünglichen Antlitzen der Kinder hatten. Und doch erkannte er sie. Aber nur, weil er sie schon zuvor gesehen hatte.

Mischa und Lilja!

Auch sie waren blutleer, mumifiziert und mausetot.

Steiner konnte nicht anders, als sich rapide von diesem entsetzlichen Anblick abzuwenden und sich zu übergeben. Julius, der nach wie vor unten an der Leiter stand, konnte gerade noch rechtzeitig zwei Schritte nach hinten machen.

»Jesus Maria, was hast du gesehen?«, fragte er lauter, als beabsichtigt.

Doch Steiner gab keine Antwort. Er lugte erneut durch das Guckloch und entdeckte ein anderes Kind, einen etwa sechsjährigen Jungen auf der »Blutmelkmaschine« sitzen.

Das *Abzapfen* ging weiter.

Just als sich Steiner vom Fenster abwenden wollte, weil er wahrlich genug gesehen hatte, verharrte er. Denn nun öffnete sich drinnen die Vordertür des Gebäudes. Herein kam ein Fulgure.

Im selben Moment lösten sich zwei Kinder, die direkt an der Tür standen, aus der Reihe der anderen. Bei dem Jungen handelte es sich um Artjom, dem Sohn von Sweta. Hingegen das Mädchen mit den blonden Zöpfen war ihm unbekannt.

Jedenfalls schienen sie die Greys über ihren physischen Zustand hinweggetäuscht zu haben. Anscheinend standen sie nicht – oder nicht mehr – unter der fremden Gedankenkontrolle. Vielmehr rannten sie an dem hereinkommenden Fulguren vorbei und durch die offene Tür hinaus, bevor dieser überhaupt kapierte wie ihm geschah.

Steiner stieg die Leiter so schnell hinunter, dass er beinahe erneut das Gleichgewicht verlor. Unten angekommen nahm er das Gewehr in Anschlag, das er zuvor mit dem Riemen auf dem Rücken getragen hatte.

Zeit für Erklärungen für den überraschten Freund blieb nicht. Denn zehn Meter vor ihnen stürmten die beiden Kinder aus der Magazinhalle. Aber Julius, der zumindest Artjom erkannte, begriff sofort, dass sich der Junge und das Mädchen in unmittelbarer Gefahr befanden.

Mit einem kurzen Ruf machte er auf sich aufmerksam.

Augenblicklich änderten die fliehenden Kinder die Richtung und hetzten auf die Deutschen zu. Steiner schoss dem ersten Grey, der aus der Tür kam, den halben Kopf weg. Dem Zweiten verpasste er eine Kugel in die Brust.

Aber nichtsdestotrotz mussten sie schnellstens von hier verschwinden, waren sie doch nun unweigerlich aufgeflogen.

Die beiden Freunde fackelten nicht lange, nahmen je ein Kind an die Hand und gaben Fersengeld.

Dieses Mal war ihnen das Glück hold.

Die Greys, die zuvor zwischen der Eisengießerei und den Magazinen patrouillierten, hatten dort ihre Position verlassen, um durch die Vordertür des Gebäudes hineinzustürmen. Da sich die Menschen jedoch auf der Rückseite befanden, konnten diese seitlich davon zu den Gleisen vor der Eisenbahn-Hauptwerkstatt rennen.

So schnell es ging, überquerten die Soldaten und die Kinder die Schienen, ließen die mechanischen Werkstätten und Lokomotivmontagen samt den übrigen Anlagen hinter sich. Danach bewegten sie sich in der Deckung der Ruinen am Straßenrand den Weg entlang, den sie gekommen waren.

Irgendwann hielten sie an einer halbzerstörten Bäckerei an. Das Mädchen und der Junge waren völlig außer Atem.

Zum Glück wurden sie nicht verfolgt. Offenbar hatten die Fulguren ihre Spuren verloren oder wollten nicht Gefahr laufen, mit deutschen Kompanien konfrontiert zu werden. Natürlich wussten sie längst, dass die Wehrmacht durch Königsberg gezogen war und einige Einheiten zurückgelassen hatte.

Nach einer weiteren halben Stunde erreichten Steiner, Hedrich, Artjom und Charlotte, wie das kleine Mädchen hieß, den Sammelplatz. Wolffs Zug war soeben im Aufbruch.

Der Leutnant zeigte sich ziemlich überrascht, vielleicht sogar ein wenig enttäuscht, als er die beiden Landser mit den Kindern sah.

Steiner und Hedrich erstatteten Rapport. Selbst der »Schinderhannes« schluckte, als er von der »Blutmelkmaschine« erfuhr. Ohne zu zögern, schickte er einen Kurier zum Regimentskommandeur Oberst Grauner. Schon wenig später traf die Verstärkung ein.

Doch als die Deutschen die Eisenbahn-Hauptwerkstatt von Ponrath stürmten, fanden sie niemanden mehr dort vor. Die Fulguren waren sprichwörtlich Hals über Kopf geflohen, hatten alles stehen und liegengelassen. Selbst die grausige Maschine und die Behälter mit den Kindermumien.

Nachdem all das auf Zelluloid gebannt und damit dokumentiert worden war, wurde die gesamte Anlage in die Luft gesprengt. Zeit dazu, die sterblichen Überreste der ausgebluteten Jungen und Mädchen zu beerdigen gab es nicht. Ohnehin wollte selbst Generalfeldmarschall von Manstein, dem natürlich ebenfalls vom Grauen von Ponrath berichtet wurde, nichts davon der Nachwelt überlassen. Nicht einmal Kindergräber.

Danach zog das Regiment aus Königsberg ab, um sich erneut der nach Danzig vorausmarschierenden Heeresgruppe Berlin anzuschließen.

Nur zwei Glückliche gab es: Zum einen die russische Flüchtlingsfrau Sweta, die endlich ihren Sohn Artjom wieder in die Arme schließen konnte und dabei das Chaos um sich herum zu vergessen schien. Zum anderen das mit dem Jungen geflohene Mädchen Charlotte, dass in der Folge von allen nur »Lottie« genannt wurde und sogar so etwas wie die verloren gegangene Familie bei den Vertriebenen fand.

ACHTES KAPITEL

Gotenhafen bei Danzig, Westpreußen.

Wie viele Stunden sie sich bereits in dieser völlig überfüllten Schulhalle irgendwo in der Nähe des Hafens befanden, wussten sie nicht mehr. Jedenfalls lange genug.

Nach dem anstrengenden Marsch über das Haff hatten die Gergenhoffs und Jonescheits, wie Hunderttausende der endlosen Trecks, endlich Danzig erreicht. Mit ihrem bedeutenden Seehafen war sie die Stadt die letzte Hoffnung für viele.

Doch schnell verflog die Euphorie. Wehrmachtssoldaten ließen die Flüchtlinge erst gar nicht in die Hafenstadt hinein, weil diese komplett überfüllt war. Stattdessen wurden die Menschen-, Tier- und Fuhrwerksströme nach Gotenhafen umgeleitet, deren Bezirke Adlershorst und Koliebken direkt an das Staatsterritorium der Freien Stadt Danzig angrenzten. Noch vor dem Einrücken der deutschen Truppen am 14. September 1939 hatte Gotenhafen Gdingen geheißen und zu Polen gehört.

Doch nicht nur über den Landweg trafen unentwegt weitere Vertriebenenkolonnen ein, sondern auch über die Ostsee. Kleinere Boote aus Pillau oder Memel, die noch vor dem Fulgurensturm ablegen konnten, steuerten die Gotenhafener Anlegestelle Oxhöft an, wo die Zivilisten auf großen Kriegs- oder Passagierschiffe verladen werden sollten.

Nun warteten alle darauf, dass sie mit solchen nach Westen und damit heim ins Reich gebracht werden würden. Doch je mehr Menschen nach Gotenhafen hineinströmten, umso geringer wurde die Aussicht, tatsächlich von hier fortzukommen. Zudem war die Frist bis zur Ankunft der Greys kurz bemessen. Dementsprechend waren das Entsetzen, die Mutlosigkeit sowie die Angst allgegenwärtig. Während sich die Alten zumeist schweigend in ihr Schicksal fügten, verloren viele Mütter ihrer Nerven, bekamen Schrei-, Tobsuchts- oder Weinanfälle. Derweil klammerten sich ihre Kinder hilflos an sie.

Untergebracht waren die Vertriebenen in Notunterkünften in Schulen, Kinos, Restaurants oder Kellern. Allerdings wiesen diese keine warmen Schlafplätze auf. Selbst in den Hafenanlagen richteten Marinehelferinnen einfache Verpflegungsstationen ein, um die Menschen notdürftig zu versorgen.

In diesen schicksalhaften Tagen unternahm die Seetransportabteilung sämtliche Anstrengungen, um so viele Flüchtlinge wie möglich über die Ostsee zu evakuieren. Für Großadmiral Karl Dönitz, dem Oberbefehlshaber der Deutschen Kriegsmarine und Konteradmiral Conrad Engelhardt, dem die Schifffahrt im Ostseeraum unterstand, hatte diese größte Seerettungsaktion der Geschichte oberste Priorität. Dementsprechend erließ Dönitz den Befehl, die in Gotenhafen stationierten U-Boot-Lehrdivisionen und Marinehelferinnen nach Westen zu verlegen, um die »nicht kampffähige Bevölkerung«, wie es hieß, aus dem Danziger Raum und die wartenden Flüchtlinge auf Schiffe zu übernehmen.

Längst hatte sich die Marine-Flak auf der Festung Danzig-Gotenhafen in Stellung gebracht, um vorstoßenden Fulguren einen feurigen Empfang zu bereiten. Über viele Kilometer hinweg schossen auch die in der See liegenden Kreuzer und Zerstörer mit ihrer schweren Schiffartillerie und gelenkt durch Artilleriebeobachter an Land, auf die rasch vordringenden feindlichen Beutepanzer. Ihr Befehl lautete, den Ansturm so lange wie möglich aufzuhalten, selbst wenn ein solches Unterfangen in Anbetracht der mannigfachen Überlegenheit der Außerirdischen vergeblich schien. Nichtsdestotrotz zerstörten in diesen Stunden die 12- und 10-Zentimeter-Geschütze der deutschen Kampfschiffe zahlreiche Panzer der vordersten Angriffskeile der Fulguren. Dabei zeichneten sich die Soldaten durch ungeheure Zähigkeit und Tapferkeit aus.

Unter ihrem Feuerschutz konnten bereits zigtausende Vertriebene mit Booten aus Danzig und Gotenhafen auf die Halbinsel Hela transportiert werden, um die Hafenstädte zu entlasten. Dort sollten die Flüchtlinge von »allem, was schwimmen konnte«, sprich Kriegs-, Lazarett-, Schul und Handelsschiffen sowie Vorpostenbooten und Minenräumern, aufgenommen werden.

Von den meisten unbemerkt stahl sich in diesem Tohuwabohu der kleine Dampfer *Neufahrwasser* aus dem Danziger Hafen ebenfalls nach Hela. Mit an Bord Albert Forster, der NSDAP-Gauleiter und Reichsstatthalter in Danzig samt dem Rest seines Stabes.

Dabei zeigten sich die Nazi-Bonzen nicht nur völlig unkooperativ, sondern auch unmenschlich. Denn Zivilisten wollten sie auf ihr Boot nicht aufnehmen. Erst unter Androhung der Kriegsmarine erklärten sie sich dazu bereit. Später würde es Forster und seinen Schergen gelingen, sich nach Grömitz an der Lübecker Bucht abzusetzen.

Und auch Erich Koch, der Gauleiter und Reichsverteidigungskommissar von Ostpreußen, war schon Tage zuvor aus seinem Bunker, in dem er sich verkrochen hatte, mit einem Flugzeug von Pillau-Neutief auf die Halbinsel geflogen. Dort bestieg er einen eigens für ihn bereitgehaltenen Hochsee-Eisbrecher und konnte so den Aliens entkommen. Unbehelligt erreichte er Saßnitz und Kopenhagen und schließlich Flensburg, wo er eine neue Identität annahm und sich falsche Papiere ausstellen ließ. Die Treue der nationalsozialistischen Obrigkeit zu ihrem Führer, insbesondere aber zu ihrem Volk, stand angesichts der immensen Gefahr, die den Untergang des gesamten Reiches bedeuten konnte, wahrlich auf tönernen Füßen. Letztendlich war das Verhalten von so manchem Angehörigen der »Herrenrasse«, mehr als feige und schäbig.

In der rauen Ostsee schaukelten unzählige Kriegs-, Transport- und Handelsschiffe. Darunter die *Hansa*, die *Hamburg*, die *Deutschland*, die *Admiral Hipper* und die *Wilhelm Gustloff*. Die einen fuhren völlig überladen aus der Danziger Bucht hinaus, die anderen kamen herein, um ungleich später im Hafen anzulegen. Gotenhafen selbst verfügte mit seiner vierzehn Kilometer langen Pier über die größte Schiffsanlegestelle der gesamten Region.

Doch auch auf der Landseite, nämlich vor dem Hafengelände, herrschte das reinste Chaos. Unzählige Fuhrwerke, Gepäckwagen und Schlitten versperrten die Zufahrtswege. So gab es auf der Pier, auf jener der Schnee knöchelhoch lag, kaum mehr ein Durchkommen. Tausende von Menschen drängten sich hier dicht an dicht zusammen. Überall herrschte Unrat vor: Scherben, Schmutz, Kot und Urin. Die Schauer, die die Nässe durch die wilde Menge wirbelten, waren eiskalt. Die Temperaturen waren weit unter minus 20 Grad gesunken. Die Kai-Mauern fielen beinahe senkrecht ins Wasser, in dem sich die knöchernen, fahlen und eingefallenen Gesichter der lebenden Toten spiegelten, die sehnsüchtig auf ihre Rettung warteten.

In diesem Gedränge, in dem man sich mitunter gegenseitig mit Stößen und Tritten traktierte und so manches Kleinkind sogar zu totgequetscht wurde, verloren andere Mütter ihren Nachwuchs, Greise ihre zumeist weiblichen Mitvertriebenen oder Enkel. Überall ein Brüllen, Weinen, Wimmern und Schreien sowie das Brechen der Wellen der aufgebrachten See an den dunklen Kaimauern. Im Hintergrund der Donner von Artillerie, deren Abschüsse den Horizont mit Blitzen zerriss. Hinzu kam das ferne Feuer aus den Häusern, dort wo die Fulguren, die nicht niedergekämpft werden konnten, bereits die Vorstädte von Danzig erreicht hatten. Die rasende Angst der Flüchtlinge steigerte sich bis zur nackten Panik, machte einige beinahe wahnsinnig. Längst hatte sich herumgesprochen, welche Kriegsverbrechen, Massaker und Gräuel die Außerirdischen auf ihrem Feldzug in Ostpreußen begangen hatten. Und jeder, der zurückbleiben musste, würde ein weiteres Opfer von Mord, Schändung, Verschleppung, Feuer, Folter und Tod werden. Danzig und Gotenhafen würden genauso fallen wie Königsberg, das war so sicher wie das Amen in der Kirche.

Andere Vertriebene wiederum waren stumm vor Kummer, Leid und Entsetzen oder hatten ganz einfach keine Tränen oder keine Stimme mehr, um zu schreien. Nur, wenn sich aus dem Dunst der Ostsee ein neues Schiff herausschälte, um den Hafen anzulaufen, huschte bei manchem ein starres Lächeln der Hoffnung über die blutig gefrorenen Lippen.

Auch die Gergenhoffs und Jonescheits, die endlich aus der Halle geleitet worden waren und nach Stunden des Vordrängelns, des sich durch die Menschenmassen Hindurchquetschens, standen nun selbst an der Kante einer Kaimauer.

In ihrem Besitz befanden sich die begehrten Passagierscheine, die sie dazu berechtigten, auf ein Schiff zu kommen. Allerdings mussten sie Stehvermögen beweisen, um nicht von der Menge hinter ihnen ins Wasser gestoßen zu werden. Das nämlich kam überall am Pier vor. Manche Mütter gingen sogar so weit, ihr Kind einfach in die See zu werfen, unmittelbar bevor ein Boot anlegte. Und das in der stillen Erwartung, dass es aufgefischt wurde, wenn sie schon für sich selbst keinen Platz ergattern konnte. Für jene, die an Bord wollten, war ein Kind ohnehin ein Faustpfand für ein diesbezügliches Gelingen.

An den Anlegestellen ragten die Umrisse der großen Schiffe, eines neben dem anderen, in den Winterhimmel. Die meisten waren schon jetzt bis auf den letzten Platz belegt.

Die Gergenhoffs und Jonescheits standen in einer langen Schlange vor der Gangway, die zu dem zweifellos imposantesten Schiff führte. Das über 208 Meter lange und 56 Meter hohe Kabinen-Fahrgastschiff mit seinen zehn Decks, den zwei Promenadendecks und einem Sonnendeck, war der erste und der größte Neubau der »Kraft-durch-Freude-Flotte«, einer Unterorganisation der Deutschen Arbeitsfront. Es war relativ neu, denn sein Stapellauf hatte erst am 5. Mai 1937 stattgefunden. Bei der Schiffstaufe war selbst der Führer anwesend gewesen.

Der Name des beeindruckenden Schiffes lautete *Wilhelm Gustloff*. Benannt nach dem 1936 ermordeten Landesgruppenleiter der NSDAP-Auslandsorganisation in der Schweiz.

Auf dem Erholungsschiff gab es mitunter ein Schwimmbad, sieben Bars, Tanzräume, eine Bücherei, ein Wintergarten, ein Musiksaal, ein Rauchsaloon sowie ein Bordkino. Sämtliche Kabinen lagen an den Außenseiten. In Friedenszeiten sollten die Normalbürger für wenige Reichsmark einen erschwinglichen Luxus-Urlaub auf See erleben können. Ebenso wie Hitlerjungen und Mädchen vom »Bund Deutscher Mädel.« Doch nach Beginn des Krieges wurde die *Gustloff* als Lazarett- und Wohnschiff oder Truppentransporter benutzt. Später beherbergte sie in Gotenhafen als schwimmende Kaserne angehende U-Boot-Fahrer der 2. U-Boot-Lehrdivision.

Kapitän des Ozeanriesens war der 63-jährige Friedrich Petersen. Ein erfahrener Schiffsoffizier, der die *Gustloff* schon über das Mittelmeer geführt hatte. Die zugelassene Passagierzahl betrug exakt 1.471 mit einer zusätzlichen Besatzungsstärke von 424. In diesen Zeiten jedoch und unter dem Ansturm der Flüchtlinge waren diese Zahlen nicht mehr als Makulatur.

Als die *Wilhelm Gustloff* schließlich bereit fürs Einschiffen war, verhielten sich die geplagten Menschen, die sich einen Platz darauf ergattert hatten, zunächst äußerst diszipliniert und geduldig. Doch das änderte sich schnell, als bekannt wurde, dass nur ein bestimmtes Kontingent an Bord durfte. Und zudem kamen Gerüchte auf, dass die Fulguren schneller den Raum Danzig einnehmen würden, als vorhergesehen. So entstand urplötzlich eine große Hektik. Jeder wollte auf das

Schiff. Vor der Gangway kam es zu wildem Geschrei und Gebrüll.

Inmitten der Menschenmasse wurden Gregor und Marie Gergenhoff, die sich krampfhaft an den Händen hielten nicht nur von den Jonescheits getrennt, sondern auch vom Zugang zum Schiff abgedrängt. Der Alte, stürzte gar auf die Pier. Beinahe trampelten ihn die vorwärtsstürmenden Menschen nieder. Nur dem Umstand, dass seine Tochter ihn wieder auf die Beine zog, verdankte er es, nicht totgestampft zu werden. Allerdings befanden sich nun Aberhunderte aufgebrachte Flüchtlinge vor ihnen, so dass es kein Durchkommen mehr zur Gangway gab.

Mit Entsetzen registrierten Gregor und Marie, dass sie zurückbleiben würden, ohne jemals auch nur einen Fuß auf das Rettungsschiff setzen zu können.

So sollte für sie das Schicksal einen gänzlich anderen Verlauf nehmen, als für die Passagiere der *Wilhelm Gustloff*.

Währenddessen wurden die Jonescheits im eisigen Wind, der über die Danziger Bucht wehte, geradewegs die hölzerne Fallreep zum Einschiffungsdeck hinaufgetrieben.

Johann hatte seine Enkelin Edda fest an einer Hand, während er in der anderen sein Notgepäck hielt. Ulrich hatte seine Frau Gerda im Arm, das Gepäckbündel geschultert und schob sie mehr oder weniger die Gangway hinter den anderen hinauf.

Zunächst ließen die Einschiffungsmatrosen und Marinehelferinnen nur jene vor, die einen gültigen Fahrschein besaßen. Doch angesichts so zahlreicher völlig durchgefrorener, übermüdeter und verzweifelter Menschen ohne Ausweis, brachten sie es nicht übers Herz, sie zurückzuweisen. Obwohl die Order klar vorsah, insbesondere Mütter mit Kindern einzulassen. Allerdings durfte jeweils nur ein Gepäckstück mitgenommen und zusätzliche oder gar ausladende Schrankkoffer mussten zurückgelassen werden.

Gleich hinter den Jonescheits sperrten die Matrosen nun in aller Eile den Zugang zum Schiff, das bereits weit über den letzten Platz hinaus belegt war. Derweil teilten die Marinehelferinnen Decken aus, damit wenigstens die Kleinsten eingewickelt werden konnten, um sich aufzuwärmen.

Doch schnell waren sämtliche Kabinen überbucht, so dass das Mobiliar aus der Musikhalle, dem Festsaal, dem Kino und dem Theater hinausgeschafft werden musste, um die somit geschaffenen Plätze mit Matratzen auszulegen. Die Improvisation ging sogar so weit, dass in unmittelbarer Nähe des Krankenreviers eine Entbindungsstation eingerichtet wurde. Die Marinehelferinnen fanden im Schwimmbecken, das sieben Meter unter der Wasseroberfläche lag, ihr Quartier, das kurzerhand zu einem Schlafsaal umfunktioniert wurde. In der Schiffsküche kochte heiße Erbsensuppe, um die Passagiere aufzuwärmen.

Andere Menschen wiederum wurden in den Laderaum geleitet. Dort stimmte eine alte Frau, weit über 90, dennoch mit glockenheller Stimme das Lied »Wer nur den lieben Gott lässt walten« an. Einige fielen traurig mit ein. Der Chor aus dem Inneren des Schiffes der Verdammten hallte durch die dunkle Nacht über das eisige Meer.

Letztlich arrangierten sich die Vertriebenen mit allem, heilfroh, überhaupt einen Platz auf einem der Rettungsschiffe gefunden zu haben. Und dann auch noch auf der *Wilhelm Gustloff*.

Kaum einer sah die besorgte Miene des 1. Offiziers Louis Reese. Der 68-Jährige war sich vollkommen bewusst darüber, dass die motorisierten Rettungsboote im Ernstfall keineswegs für die stetig gewachsene Passagierzahl ausreichen würden. Daran änderten die eilig beschafften und an Bord gebrachten Marinekutter und Korkflöße ebenfalls nichts. Zuzüglich der Mannschaft waren bereits über 10.000 Menschen an Bord. Selbst der Kapitän war nervös, denn mit der Überfahrt mit einem völlig überbelegten Schiff war er überfordert. Für seine Unterstützung schickte deshalb die Kommandantur kurzerhand noch die beiden jungen Fahrkapitäne Heinz Weller und Karl-Heinz Köhler. Allerdings brachte das wiederum allerlei Kompetenzstreitigkeiten mit sich. Etwa über die Befehlskette, der zumutbaren Geschwindigkeit des Schiffes oder des einzuschlagenden Fahrwegs.

Während Friedrich Petersen eine minengeräumte, dafür aber uferferne Strecke befahren wollte, um den Fulgurengeschützen an der Küste zu entgehen, plädierte sein 1. Offizier wegen des vergleichbar geringen Tiefgangs für den Küstenweg. Im Falle eines Angriffs könnten so die Passagiere schnell und sicher an Land gebracht werden. Zuletzt jedoch entschied man sich für den uferfernen Tiefwasser-Weg.

Doch das war nicht das einzige Problem. Denn aufgrund der hohen Anzahl der Flüchtlingsschiffe auf der Ostsee, denen ausreichender Schutz vor U-Booten gewährt werden musste, gab es nun zu wenige Geleitfahrzeug für die *Gustloff*. Und ein solcher war dringend nötig. Ganz sicher war den Außerirdischen die Ballung von Schiffsraum um Gotenhafen längst aufgefallen, so dass jederzeit mit feindlichen Attacken zu rechnen war.

Schließlich kam die Zeit des Ablegens, auf das die Verantwortlichen schon seit Stunden drängten. Die Verbindungstreppen zum Kai wurden eingezogen und das Tor zum Einschiffungsdeck geschlossen. Zurück am Pier blieben tausende aufgebrachte, enttäuschte und von Todesangst erfüllte Flüchtlinge.

Vier Schlepper brachten die *Wilhelm Gustloff* in Position, um sie bei schwerer See sowie Schnee- und Hagelschauern aus dem Hafenbecken von Gotenhafen-Oxhöft Richtung offene See zu ziehen.

Als Weggefährtin für die Überfahrt was der Dampfer *Hansa* vorgesehen, der bei der Halbinsel Hela hinzustoßen sollte. Drei Geleitsicherungsboote der U-Boot-Waffe ergänzten den Geleitzug, dessen Ziel Kiel oder Flensburg war. Genaueres war das zu dieser Stunde noch nicht bekannt.

Tatsächlich aber war die *Hansa* aufgrund eines Maschinenschadens manövrierunfähig. Zudem konnten die Torpedoboote bei diesem Wellengang nicht mithalten und wurden zurückgeschickt.[1]

Längst waren die Jonescheits mit Hunderten anderen im Festsaal des Schiffes einquartiert worden. Hier lagen sie nun dicht gedrängt auf den Matratzen, die Köpfe auf den ausgeteilten Schwimmwesten ruhend. Ihre Freude darüber, es im letzten Moment geschafft zu haben, den furchtbaren Fulguren zu entkommen, wurde jedoch davon getrübt, dass Gregor und Marie Gergenhoff zurückgeblieben waren.

Wenig später brach die Nacht herein. Die hektischen Tage der Flucht, die entsetzlichen Geschehnisse und die andauern-

---

[1] In Wirklichkeit begleitete nur das Torpedoboot *Löwe* die *Gustloff*.

de Todesangst hatten an Körper und Geist der Flüchtlinge gezehrt. Die in den Wellen schaukelnde Ruhe war willkommen. Die meisten schliefen vor Erschöpfung sofort ein. Andere wiederum unterhielten sich noch leise miteinander. Hände wurden gehalten, stummen Tränen der Erleichterung, wegen des Verlusts von Angehörigen oder vor der namenlosen Furcht dessen, was sie wohl erwarten würde, freien Lauf gelassen.

Keiner der über 10.000 Passagiere an Bord, zum größten Teil Zivilisten, Greise, Frauen und Kinder, ahnte etwas von dem Beute-U-Boot der Außerirdischen.

Tief unter der Wasserlinie, nur wenige Seemeilen entfernt und längst auf Konfrontationskurs mit der *Wilhelm Gustloff*.

In dieser schicksalhaften Nacht geriet das 25.500 Bruttoregistertonnen große, einstige Flaggschiff der NS-Organisation KdF auf der Höhe von Stolpmünde vor die Rohre des von den Greys eroberten sowjetischen U-Bootes *S-13*.

Seit die Fulguren die Invasion auf der Erde begonnen hatten, überraschten sie damit, wie schnell sie sich menschliches Wissen aneignen konnten. Vor allem im militärischen Bereich zeigten sie unglaubliche Auffassungsgabe, so dass sie schon in wenigen Stunden in der Lage waren, von den Deutschen oder den Russen erbeutete Panzer, Geschütze, Flugzeuge, Schiffe oder anderes Kriegsgerät zu bedienen.

Beim *S-13*, das eigentlich im Dienst der Baltischen Rotbannerflotte stand, handelte es sich ebenfalls um ein wenig zuvor von den Greys gekapertes Unterwasserfahrzeug.

Kurz nach Mitternacht schlug der Ausguck des U-Bootes, dass zu dieser Stunde über Wasser lief, Alarm. Die Ortung hatte das Rotieren zweier Schiffsschrauben vernommen, was wiederum auf ein großes Schiff schließen ließ, das sich in unmittelbarer Nähe befinden musste.

So kam es, dass sich die beiden Wasserfahrzeug, das eine wissentlich, das andere ahnungslos, unter und über der Wasserlinie stetig näherten.

Abtauchen wollte der Grey-Kommandant jedoch nicht. Vielmehr plante er einen Überwasserangriff. Nur so bot sich die Möglichkeit, den Bug des inzwischen als *Wilhelm Gustloff* identifizierten Ozeanriesens treffen. Zudem würde der Gegner, der in diesen gefährlichen Breiten immer mit einem Feindangriff rechnen musste, einen solchen von der See- und nicht etwa von der Küstenseite erwarten.

Mit dieser folgerichtigen Einschätzung bewiesen die Außerirdischen sogar auf See ein unglaubliches, strategisches Geschick, das sie sich erschreckenderweise, wie erwähnt, innerhalb kürzester Zeit angeeignet hatten.

Dementsprechend vollführte das U-Boot ein taktisches Täuschungsmanöver, lief achtern um das riesige Schiff herum, um sich ihm so von der Landseite nähern zu können.

Tatsächlich war das *S-13* vor dem dunklen Hintergrund der Küste so gut wie unsichtbar. Da an dieser Stelle jedoch die Meerestiefe weniger als dreißig Meter betrug, stieg die Gefahr von Seeminen, die hier von den Deutschen gelegt worden waren. Zudem konnte es bei einem etwaigen Beschuss nicht tief genug tauchen.

Gleich darauf befand sich das *S-13* auf einem Parallelkurs zwischen der *Gustloff* und der pommerschen Küste.

Der Grey-Kommandant befahl, die Rohre der Bugtorpedos feuerbereit zu machen und auf eine Tiefe von drei Metern einzustellen.

»Ziel steuert 280 Grad«, verkündete der Navigationsoffizier der Fulguren. »Geschwindigkeit 12 Knoten. Entfernung 2.000 Meter.«

Das S-13 näherte sich weiter wie ein Hai dem Ozeanriesen.

»Noch 700 Meter, Kurs 55.07 Nord, 71.41 Grad Ost.«

Im selben Moment lief der Bug der *Gustloff* in das Fadenkreuz des U-Boot-Periskops.

Der Fulguren-Kommandant erteilte den Feuerbefehl.

Das S-13 schoss drei Torpedos ab. Allesamt trafen den Ozeanriesen. Die nächtliche, eisige Luft erzitterte von den gewaltigen, dreifachen Explosionen.

Der erste Torpedo schlug in das Vorschiff und damit auch in den Wohntrakt der Stammbesatzung ein. Die Hälfte der zivilen Mannschaft war tot, bevor sie überhaupt wusste, was geschehen war. Der Zweite entlud sich im Schwimmbecken, in dem sich das Quartier der Marinehelferinnen befand, die ebenfalls zerfetzt wurden. Und das dritte Unterwassergeschoss detonierte in der Nähe des Maschinenraums, riss die Bordwand bis zur Reling entzwei.

Dem ohrenbetäubenden Krachen der Detonationen folgten
mächtige Druckwellen, die die Besatzungsmitglieder und Passagiere, ganz gleich, wo sie sich in diesen Sekunden aufhielten,
gegen die Wände der Kabinen oder anderer Räume, Säle und
Gänge schleuderten. Und auch die Maschinisten im Maschinenraum wurden von den Erschütterungen von den Beinen
gefegt.

Der panische Blick des Obermaschinisten erfasste das Pen-
del, das die Lage des Schiffes anzeigte. Es stand auf acht Grad!
Gleich darauf fiel das Licht aus. Eigentlich sollte er nun zum
Notstromaggregat auf dem Oberdeck eilen, um es anzuwer-
fen, damit die Notbeleuchtung anging. Doch die atemlose Stil-
le, die nach den Explosionen folgte, und die Gewissheit, dass
das Schiff tödlich getroffen war, hielt ihn genauso wie seine
Kameraden für Sekunden im Bann. Erst als er sich davon lösen
konnte, rannte er mit einer Taschenlampe aus dem Maschinenraum hinaus. Minuten später ging das Notlicht tatsächlich an.

Kurz zuvor sprang der Zeiger der elektrischen Uhr auf der
Kommandobrücke auf 21.16 Uhr. Die gewaltigen Rucke, die
den Torpedotreffern geschuldet waren und das gesamte Schiff
erschütterten, schleuderte auch die sich dort aufhaltenden Besatzungsmitglieder gegen die Wände und Türrahmen. Nur
den drei Offizieren gelang es, sich irgendwo festzuhalten. Neben Kapitän Petersen waren das zu dieser Stunde sein Erster
Offizier Louis Reese sowie Korvettenkapitän Wilhelm Zahn,
der Kommandant der 2. ULD, der Unterseebootslehrdivison.

Das schrille Klingeln der Alarmglocke hörte sich an, wie die
Einleitung zum Untergang. Und so war es auch. Die größte
Schiffskatastrophe der Geschichte nahm ihren Anfang.

Fassungslos starrten die Schiffsoffiziere und Matrosen durch
die dickwandigen Scheiben der Brücke auf den tief ins Wasser
tauchenden Bug der *Gustloff*. Mächtige Brecher rollten bereits
über das Vorschiff und ließen erahnen, in welch katastrophaler
Lage sich das völlig überfüllte und nun todgeweihte Schiff
durch den Torpedofächer befand. Mit ihm seine Besatzung
und die Tausende von Vertriebenen. Selbst das Herz des Ozeanriesens hatte aufgehört zu schlagen. Keine einzige Maschine
lief mehr.

Petersen verschaffte sich zuerst einmal einen Überblick über
die entstandenen Schäden. Offensichtlich saßen alle drei Tref-

fer zwischen dem Bug und dem Mittelschiff, was unschwer zu erkennen war. Im vorderen Drittel des gigantischen Schiffsleibes klaffte ein gezacktes Loch bis beinahe zum unteren Promenadendeck hinab.

Der Versuch des Kapitäns, den Maschinenraum zu erreichen, misslang, weil das Telefon tot war.

Dafür neigte sich jetzt die elf Stockwerke hohe *Gustloff* mit einem weiteren mächtigen Ruck nach Backbord, so dass die Schlagseite stetig zunahm.

Nichts und niemand konnte mehr die Wassermassen aufhalten, die jetzt mit ohrenbetäubendem Getöse in das Schiff eindrangen und mit ungeheurer Wucht in die höher gelegenen Decks hinaufschossen. Auch nicht die automatisch geschlossenen Schotten, die etwa das Vorschiff hermetisch vom Mittelschiff abdichteten. Wer das Pech hatte, sich hinter den eisernen Schottentüren aufzuhalten, war verloren, saß er doch in einer Falle, aus der es kein Entkommen mehr gab.

Ungleich später jedoch brachen selbst die Schotten in den untersten Decks unter der Gewalt der eindringenden Fluten.

Auf der *Gustloff* herrschte jetzt das reinste Chaos. Auch der Funkraum hatte durch die Torpedierung großen Schaden genommen. Dementsprechend war es dem diensthabenden Funkmaat nicht einmal möglich, ein SOS abzusetzen. Man musste sich anders behelfen.

Fahrkapitän Heinz Weller brüllte laut: »Rot schießen – Rot schießen!«

Im Anschluss wurden zischende Leuchtraketen als Notsignal abgefeuert. Der letzte Hilferuf des schnell sinkenden – des *sterbenden* Schiffes.

Für Sekunden blieben die leuchtenden Elemente der Signalraketen in der stockdunklen Winternacht stehen, bevor sie vollends abbrannten, verlöschenden Glühwürmchen gleich. Der blutrote Schein, der die Szenerie des Grauens aus der Finsternis riss, verblasste zusehends.

Backbord stand das Wasser bereits Meter hoch. Das Vorschiff senkte sich bis unter die heranrollenden Brecher dramatisch ab. Die Menschen an Bord schlitterten zur Wasserseite, genauso wie Tische, Bänke sowie nicht fest verankerte Gegenstände. Mitunter wurde der eine oder andere von Möbelstücken regelrecht zerquetscht oder erschlagen.

Überall herrschte heilloses Durcheinander und Geschrei, was allerdings im Tosen des tonnenweise eindringenden Wassers sprichwörtlich unterging. Keiner mehr dachte an »Führer, Volk und Vaterland.« Selbst der zuvor im Alltag der Deutschen so allgegenwärtige Führer war so unwirklich wie eine Fata Morgana. Ebenso der feste Glaube an das Tausendjährige Reich. Völlig real hingegen war, dass der Grund der Ostsee, viele Meter unter dem zusammengeschossenen Schiffswrack, das Grab für Tausende wurde.

Frauen und Männer, Zivilisten und Militärs, schickten gleichermaßen Stoßgebete gen Himmel.

»Lieber Herrgott, lass uns nicht sterben ...«

Aber in diesen Stunden war Gott nicht da. Jedenfalls nicht bei den ums Überleben kämpfenden Menschen. Nur die eisige See, das zerbrechende, versinkende Riesenschiff und ein U-Boot der Außerirdischen. Dafür hielt der Sensenmann reichlich Ernte, sichelte unzählige Leben dahin.

Auch die Jonescheits, die sich nach wie vor mit anderen einquartierten Vertriebene im Festsaal befanden, wurden vom Torpedobeschuss vollkommen überrascht und von seinen Auswirkungen wie Blätter im Herbstwind durcheinandergewirbelt.

Es dauerte Minuten, bis sich Johann, Gerda, Ulrich und Edda wiederfanden, erfüllt von unbändigem Lebenswillen, dieser Hölle auf See zu entkommen.

Nur mit den Kleidern, die sie am Leib trugen, die wenigen mitgenommenen Habseligkeiten zurücklassend, gelang es ihnen auf den Gang hinaus. Irgendwie fanden sie auch den Notausstieg, der durch alle Decks bis zum Bootsdeck nach oben führte.

Andere wiederum stürmten Gespenstern gleich die herkömmlichen Treppen am Ende der Schiffskorridore hoch, eingehüllt vom fahlen Licht der Notbeleuchtung, das zuckende rötliche Schatten auf ihre zu Fratzen verzerrten bleichen Gesichter warf.

Weinend und von Todesangst getrieben, stiegen und zogen sich die Passagiere die Leiterstufen hinauf, die zitternden Hände fest um das Geländer gelegt. Wahrhaftig kletterten sie um ihr nacktes Leben, teilweise unmenschliche Laute ausstoßend, die durch die Treppenhäuser hallten. Zurück blieben unzählige Menschen, die entweder verletzt oder von den Detonationsgasen der Torpedos betäubt, in den sich rasend schnell füllenden Kabinen, Sälen und Gängen schwammen. Wer hörte da noch das unheimliche Klopfen derjenigen Passagiere, die in wilder Verzweiflung in den an der Backbordseite gelegenen Kabinen an die Türen hämmerten, weil diese sich schon längst nicht mehr öffnen ließen? Sie ersoffen geradewegs wie die Ratten in einem überfluteten Kanal.

Selbst die Panikposten, die die Schiffsführung inzwischen aufgestellt hatte, konnten das ausnahmslose Umsichgreifen der Massenpanik nicht verhindern. Daran änderten auch ihre entsicherten Pistolen nichts. Und dennoch krachte hin und wieder irgendwo ein einzelner Schuss.

In den tiefer gelegenen Decks standen die engen Schiffsflure nun vollständig unter Wasser, weil selbst die letzten, eigentlich als wasserdicht geltenden Schotten unter der Stärke seines Drucks gebrochen waren. Überall herrschte ein Gurgeln, Tosen und Brausen vor.

Das heillose Durcheinander setzte sich auf dem unteren, verglasten Promenadendeck fort, das ebenfalls zu einer Todesfalle wurde. Es verlief außerhalb der Innenräume des Schiffes und war zur Außenseite hin mit großzügigen Glasscheiben gegen Wettereinflüsse geschützt. Aber auch zur anderen Seite hin trennten Fenster diesen Bereich ab. So wurden diejenigen, die sich dort und damit außerhalb des verglasten Promenadendecks befanden Augenzeugen davon, wie dieses sich rasend schnell mit Wasser füllte, weil das Schiff tiefer und tiefer ging.

Verzweifelt versuchten Mutige, mit Eispickeln das dicke Sekuritglas der Fenster von außen zu zerschlagen, was jedoch nicht gelang. Die im gläsernen Sarg Gefangenen schnappten wie Fische an Land nach Luft, füllten damit ihre Lungen mit Wasser. Sie hatten nicht die geringste Chance, dem Ertrinkungstod oder den eisigen Wassertemperaturen zu entgehen. Minuten später schwammen sie mit weitaufgerissenen Augen und Mündern wie tote Riesenfische in den eingedrungenen Fluten des unteren Promenadendecks. Aber auch dort hielten die Scheiben dem sich stetig verstärkenden Druck nicht mehr lange halt, zersprengten sie und spülten die Leichen in die offene See hinaus.

Währenddessen spielten sich unfassbare Szenen ab, als immer mehr panische Passagiere nach oben stürmten, dabei schlugen, traten, schrien, weinten und die Schwächeren tottrampelten. In diesen entsetzlichen Momenten glichen sie wilden Tieren, die nur ihrem Überlebensinstinkt folgten.

Aber auch auf dem Oberdeck strömte bereits Wasser über die hölzernen Planken, stieg unablässig an den beigefarbenen Blechwänden empor. In gieriger Erwartung dessen, noch mehr Menschen zu ertränken.

Lediglich die erfahrenen Seemänner blieben so ruhig wie möglich, um wenigstens etwas Ordnung in das Chaos zu bringen.

Marineoberarzt Dr. Richter, der auf die *Gustloff* eingeschiffte Leitende Sanitätsoffizier der 2. Unterseebootslehrdivision, der für das Krankenrevier oder besser gesagt das Notlazarett sowie die eiligst zuvor geschaffene Geburtshilfestation zuständig war, machte sich sofort mit seinen Sanitätsgasten daran, alles zu räumen.

Zuerst waren die Säuglinge und die Kinder dran, dann die Leichtverwundeten und Gehfähigen. Versorgt mit Decken oder Schwimmwesten versehen sollten sie zu den Rettungsbooten gebracht werden. Soweit das noch möglich war. Denn die Situation war überall katastrophal.

Auch im Funkraum zerstob die letzte Hoffnung. Obwohl dort alle Geräte verstummt waren und es somit keine Verbindung zur Außenwelt gab und selbst das Notaggregat nicht funktionierte, gaben der Oberfunkmeister und seine Leute nicht auf. Immerhin bestand die Möglichkeit, die Funkstation über Akkus zu betreiben, umso letztendlich doch noch einen SOS-Ruf abzusetzen. Allerdings mussten die Männer feststellen, dass die Akkus nicht geladen waren. Der Teufel schien auch hier seine Hände im Spiel zu haben. Oder etwa nicht?

Drüben auf der Kommandobrücke gab es noch ein Ultrakurzwellen-Funkgerät mit eigener Batterie! Und – tatsächlich saß dort ein Funkgefreiter der Marine, der das UKW-Gerät mit aufgesetztem Kopfhörer und mit Mikrophon vor dem Mund, fachmännisch bediente.

»Haben drei Torpedotreffer ... sinken auf Position 55 Grad 7,5 Nord und 17 Grad Ost ...«

Natürlich konnte der Funkspruch keine Funkstelle an Land erreichen, lag die Reichweite doch bei maximal 2.000 Metern, so die gängige Meinung. Aber dennoch kam er im Auslaufhafen, nämlich in Gotenhafen an.

Kapitänleutnant Helmut Hanefeld, der Kommandant des Vorpostenbootes *1703*, dass zur 17. Vorposten-Flottille gehörte, ließ sofort Alarm schlagen. So schnell es ging, legte es ab und fuhr mit Höchstgeschwindigkeit zur Unglücksstelle, die zwölf Seemeilen querab von Stolpmünde lag. Und auch Korvettenkapitän Wolfgang Leonhardt von der 9. Sicherungsflottille, der Leiter der Zweigstelle Gotenhafen, orderte alle verfügbaren Schiffe zum nassen Grab der *Gustloff*.

Mittlerweile hatte die der Ozeanriese mit fast dreißig Grad erhebliche Schlagseite. Dementsprechend glitten die Menschen auf den vereisten Decksplanken aus, rutschten abwärts oder wurden von den regelmäßig hereinbrechenden Wellen erfasst. Unzähligen gelang es nicht mehr, sich an den Bordaufbauten und an den Tauen festzuhalten oder wagemutig an der Reling entlang zu hangeln. Wie Steine stürzten sie in die alles verschlingende Tiefe.

Wiederum Hunderte andere sprangen einfach vom oberen Promenadendeck hinunter, längst nicht mehr Herr ihrer Sinne oder in reiner Selbstmordabsicht, weil es keine Aussicht auf Rettung gab.

Durch den immer stärkeren Neigungswinkel des Schiffes löste sich sogar das auf dem Brückendeck positionierte Flakgeschütz. Mit Donnern und Getöse traf es Alte, Frauen und Kinder, riss sie mit einem Teil des Schiffsgeländers in die aufgewühlte Ostsee. Zudem zeugte das gewaltige Poltern davon, dass aus dem Schiffsleib dröhnte, dass sich auch Schiffsmaschinen aus ihren Halterungen gelöst hatten.

Trotz des Umstandes, dass das Vorschiff vom Kiel bis zum unteren Promenadendeck meterweit aufgerissen und somit fast vollständig vom Mittelschiff getrennt war, klangen aus den Schiffslautsprechern Durchhalteparolen durch die nebelhafte Nacht. Aber keiner hörte sie. Jeder an Bord kämpfte, nur noch um das nackte Überleben. Abgesehen von den auf einen solchen Notfall vorbereiteten Seemännern.

Derweil hielten sich neben Kapitän Petersen, Korvettenkapitän Wilhelm Zahn und die Fahrkapitäne Weller und Köhler weiter auf der Kommandobrücke auf. Genauso wie der Navigationsoffizier, ein Obersteuermann und einige Signalgasten. Der Erste Offizier Louis Reese befand sich irgendwo inmitten des Infernos auf dem Oberdeck.

Stehen konnten die Offiziere auf der Kommandobrücke längst nicht mehr, denn zu stark neigte sich das Schiff nach Backbord. So klammerten sie sich an allem fest, was verankert war. Schon schlugen hohe Wellenberge gegen die dickwandigen Scheiben, die dem Ansturm des Wassers bislang standhielten. Allerdings nur noch für Minuten.

Gerade als Petersen brüllte, »Jetzt wird's höchste Zeit – rette sich wer kann!«, zerschmetterten die Fenster der Brücke. Über das Steuer hinweg wurden die Menschen in die offene See gespült.

Um die Zuteilung der Rettungsboote entbrannten brutale Kämpfe. Längst war auch den Passagieren klar, dass es nur für die Hälfte des völlig überfüllten Schiffes überhaupt Rettungsmöglichkeiten gab. Das bedeutete für nur 5.000 der insgesamt über 10.000 Menschen.

Hinzu kamen weitere Schwierigkeiten. Die widrigen Witterungsbedingungen hatten die allermeisten Flöße an Bord festfrieren lassen. Selbst die Metallverankerungen der Rettungsboote waren mit einer zentimeterdicken Eisschicht überzogen, die nur mühsam und gewaltsam aufgebrochen werden konnten. So kam es zu erheblichen Verzögerungen, die Kähne auszuschwingen.

Ein weiteres Problem bestand darin, dass bei der Torpedierung des Vorschiffes unzählige Männer der Zivilbesatzung getötet worden waren, die dort ihre Unterkünfte hatten. Ihre helfenden Hände fehlten überall. Aber selbst diejenigen unter ihnen, die den Beschuss überlebt hatten, weil sie zufällig in jenen Schicksalsminuten Dienst in den oberen Decks schoben, waren vollkommen überfordert mit dieser Ausnahmesituation.

Erst nach unzähligen Minuten Schwerstarbeit und Bangen gelang es endlich, einige Rettungsboote zu fieren. Derweil wurde der Andrang der Menschenmenge am Oberdeck immer größer, beherrscht von einem einzigen Gedanken: *Nur raus aus diesem sinkenden Metallsarg!*

Um auf eines der Boote zu kommen, hagelte es Faustschläge, Tritte und Stöße auf den Vorder- oder Nebenmann. Den ansonsten unausweichlichen Tod in der brechenden See vor Augen, wurden sie zusehends rabiater.

Die Panikposten hatten von der Schiffsführung den Befehl erhalten, von der Schusswaffe Gebrauch zu machen, um Männer vom Kapern der Rettungsboote abzuhalten. Es galt die Devise, »Frauen und Kinder« zuerst. So kam es, dass vereinzelte Schüsse durch die Nacht hallten, die jedoch zumeist in die Luft abgegeben wurden. Allerdings nicht immer. Hier und da brach ein Getroffener zusammen.

Gerda und ihrer Tochter Edda gelang es tatsächlich, auf eines der Boote zu kommen. Ulrich und Johann hingegen mussten zurückbleiben.

Den Jonascheits blieb nicht einmal mehr Zeit, sich voneinander zu verabschieden. Instinktiv ahnten sie, dass es ein Abschied für immer sein würde.

Das vierzehnjährige Mädchen, das wie ein Kleinkind einen zerzausten Teddybären im Arm hielt, was ihrem auf der Flucht und durch den Tod ihrer Schwester Jette verursachten Kriegstrauma geschuldet war, krampfte die andere Hand um die ihrer Mutter.

Die tränennassen Augen aus Eddas Gesicht, das einer starren Totenmaske glich, richteten sich zum letzten Mal auf ihren Vater und Großvater. Dann wurde das Rettungsboot mit einem heftigen Ruck auch schon nach unten gelassen. Dabei streifte es an der immer länger und länger werdenden Schiffswand.

Plötzlich ein gellender Schrei! Ausgestoßen von einem Oberfähnrich, der über ihnen halb über der Reling hing und als Erster registrierte, dass mit einer der Trossen etwas nicht stimmte.

In der Tat barst das dicke, schwere und starke Tau mit einem lauten Knall auseinander. Im selben Atemzug kippte das Rettungsboot zur Seite. Die Insassen wurden herausgeschleudert.

Edda verlor ihren Teddy aus den Armen, noch bevor sie neben ihrer Mutter und all den anderen in die aufgepeitschte See stürzten, die ein schreckliches Sterben verhieß.

Das eisige Wasser, das bei einer Lufttemperatur von um die minus 20 Grad etwa beim Gefrierpunkt lag, ließ manches Herz einfach stehen oder den Kreislauf versagen. Ohnehin hatten die meisten Passagiere aufgrund des so jäh über sie hereinbrechenden Unglücks keine Möglichkeit mehr, sich dementsprechend zu kleiden oder gar Schwimmwesten anzulegen.

Unterdessen neigte sich der Bug des sterbenden Schiffes so tief in das Meer hinein, bis er völlig von den Wassermassen verschlungen wurde. Nur den allerwenigsten oberhalb davon gelang, sich an Sprossenleitern, Tauen oder die Reling zu klammern. Vorausgesetzt, sie besaßen überhaupt noch die Kraft dazu.

Letztendlich hob sich das Heck der *Gustloff* mit einem einzigen gewaltigen Ruck in die Höhe, erstarrte für einen Augenblick regelrecht in der Luft, um schließlich vollends mit dem Vorschiff voran in der Ostsee unterzugehen.

Die Schiffbrüchigen, die noch lebten und mit letzter Anstrengung versuchten, dem Sog zu entgehen, der sie erfassen konnte, wurden in diesen Minuten Augenzeugen eines mysteriösen Geschehens.

Aus ungeklärten Gründen sprang im Moment des Untergangs der *Gustloff* die gesamte Schiffsbeleuchtung an, so dass der Ozeanriese in einem gleißenden Lichtschein erstrahlte, als würde er vom Himmel aus beleuchtet. Es schien wie ein Spuk oder wie ein Treppenwitz der Geschichte.

Die gleichsam mit den angegangenen Lichtern aufheulende Schiffssirene zerriss mit einem langgezogenen Heulton die Luft. Erst, als das einst so stolze Schiff mit voller Festbeleuchtung versank, verstummte er mit unheimlichem Gurgeln. Genauso wie die fürchterlichen Schreie der noch im Inneren eingeschlossenen Menschen.

Mit dem letzten, riesigen Wellenberg, der über das Wrack zusammenschlug, starb die *Wilhelm Gustloff* endgültig. Und mit ihr Tausende Zivilisten und Besatzungsmitglieder, die für immer und ewig in das tiefe, nasse Grab der Ostsee gezogen wurden. Allerdings blieb der befürchtete Sog wegen geringer Wassertiefe aus.

Unzählige Leichen derjenigen, die sich beim Untergang nicht unter, sondern auf den Decks aufgehalten hatten, schaukelten nun wie Treibgut in den Wellen. Dabei lagen jene, die in der allgemeinen Panik und Hektik ihre Schwimmwesten falsch übergestreift hatten, mit den Köpfen unter Wasser, während ihre Unterkörper und Füße vom Auftrieb emporgehoben in die Höhe ragten. Ein wahrlich grotesker Anblick.

Andererseits wurden diejenigen Überlebenden, die ihre Westen richtig trugen, wie Spielbälle von der durch eine Windstärke von fünf bis sechs aufgepeitschten Dünung hoch hinaufgeworfen, um sich gleich danach wieder tief in die Wellentäler hinab zu senken. Andere klammerten sich zitternd, mit klappernden Zähnen und blauen Lippen an Wrack- und Trümmerteile. Selbst an die Toten mit den Schwimmwesten, dem Sterben näher als dem Leben. Manch einer glaubte, in seinem Schockzustand die Stimmen von Engeln zu vernehmen, oder gar die Worte des Herrn.

Einige Schiffbrüchige hatten sich auf ein Ruder- oder Schlauchboot oder eines der Flöße retten können. Näherten sich andere Gestrandete, um sich daran festzuhalten, erhielten sie von den Insassen Schläge auf die Finger. Mitunter wurden ihre Köpfe unter Wasser gedrückt, bis sie wieder losließen, aus Angst, ihr zusätzliches Gewicht könnte das Boot zum Kentern bringen. Erst recht inmitten der offenen See und in höchster Not, war sich jeder selbst der Nächste. Es gab nur wenige, die Hilfsbereitschaft oder Nächstenliebe zeigten.

Die Unglücksstelle war in tiefster Nacht versunken, ohne einen einzigen Lichtstrahl. Dicke Wolken verdeckten Mond und Sterne. Aufgrund des hohen Seegangs waren auch keine Lichter von erhofften Rettungsschiffen zu entdecken. Wenn überhaupt welche kamen.

Die wenigen Menschen in den Flößen waren bereits so steif gefroren, dass sie sich eine halbe Stunde später fast gar nicht mehr bewegen und nicht sprechen, sondern nur noch lallen konnten. Eng zusammengekauert und aneinandergerückt saßen sie da und versuchten, sich gegenseitig vor dem Einschlafen zu bewahren. Denn Tiefschlaf in dieser schneidenden Kälte hätte unweigerlich elendes Dahinsterben und Verdämmern bedeutet.

Ständig tauchten Tote aus den Fluten auf, um gleich darauf wieder zu verschwinden. Nur jene Leichname, die sich in den Halteleinen verfingen, schlossen sich den Verdammten als stumme Wegbegleiter an. Niemand würde diesen grausigen Anblick jemals vergessen.

Irgendwann verstummten auch die vom frostklirrenden Wind getragenen Rufkontakte der aneinander vorbeitreibenden Ruderboote, verklangen leise in der Einöde der Wassermassen.

Gerda Jonescheit hockte ebenfalls auf einem Rettungsfloß. Dem Tode nahe und völlig verzweifelt.

Gott im Himmel!

Edda war irgendwo da draußen, direkt über dem nassen Grab der Gustloff. Ebenso wie Ulrich und Johann. Die Aussicht darauf, dass sie noch lebten, war den Umständen nach äußerst gering.

Einmal glaubte Gerda sogar, den Teddybären ihrer Tochter in den Wellen schwimmen zu sehen. Aber dann war er schon wieder in der Dunkelheit der unendlichen See verschwunden. Vermutlich genauso wie ihr Kind.

Wahrlich, so wie es schien, hatte sie auf der Flucht vor den Fulguren ihre gesamte Familie verloren.

Neben ihr saßen eine Marinehelferin und ein Soldat, die jene, bereits an Erschöpfung und Kälte Verstorbenen aus dem Floß warfen.

Glücklicherweise hatte die *Gustloff* einen Seeweg befahren, den auch andere Konvois aus der Danziger Bucht nahmen.

Irgendwann, nach schier endlosen Minuten – oder waren es Stunden? – tauchte der Schatten eines riesigen Kriegsschiffes auf, dessen Bug turmhoch aus den Wellen ragte. Scheinwerfer geisterten wie Irrlichter über das Wasser.

Plötzlich kam wieder Bewegung in die Schiffbrüchigen, die ihre allerletzte Kraft zusammennahmen, angetrieben von unsäglicher Hoffnung auf Rettung. Und auf Leben. Auf *Weiterleben.*

Endlich!

Rufe wurden laut, manch einer lachte und weinte zugleich, Arme reckten sich aus den Fluten empor und Hilferufe erklangen.

Bei dem Schiff handelte es sich um die *Admiral Hipper*, die mit 1.500 Flüchtlingen ebenfalls überfüllt war. Der Kreuzer und sein Geleitschiff *T 36*, ein Torpedoboot, hatte als erstes Kurs auf die Unglücksstelle genommen, von der sie sich nur dreißig Minuten entfernt befanden. Zuvor waren sie dem Ozeanriesen mit einem Abstand von mehreren Stunden aus dem Gotenhafen gefolgt ...

Aber die Freude und Euphorie hielt nicht lange an. Denn ganz in der Nähe wurden jetzt fremde Motorengeräusche ausgemacht.

Das musste das feindliche U-Boot sein, das die *Gustloff* versenkt hatte!

Der Schiffsführer des schweren Kreuzers, Kapitän zur See Hans Hengst, befand sich in diesen dramatischen Minuten wahrlich in einem Dilemma. Ihm war bewusst, dass die *Admiral Hipper* ebenfalls ein ideales Ziel für den Feind bot. Aller Wahrscheinlichkeit nach lauerte er bereits irgendwo unter ihnen, um im geeigneten Moment auch das Rettungsschiff auf den Meeresgrund zu schicken.

Der Himmel erbarme uns!, zuckte es durch das Bewusstsein des Kapitäns. Das Leben der Flüchtlinge und das seiner Mannschaft durfte unter keinen Umständen gefährdet werden. Hinzu kam der Umstand, dass es ohnehin ein Ding der Unmöglichkeit wäre, die völlig entkräfteten, halb erfrorenen Menschen aus dem Wasser oder aus den Flößen die sechzehn Meter hohe Bordwand hinaufzuziehen.

Aus all diesen Überlegungen heraus und trotz inneren Widerstrebens gab Hengst den Befehl: »Äußerste Kraft voraus!«

Für die verzweifelten Schiffbrüchigen absolut unverständlich drehte der Kreuzer von der Unglücksstelle wieder ab, fuhr gleich darauf im Zickzackkurs und mit Höchstgeschwindigkeit von über zweiunddreißig Knoten Richtung Kiel davon.

Dafür hielt das *T 36* weiterhin auf sie zu. An Bord befanden sich ebenfalls 250 Flüchtlinge. Nichtsdestotrotz gab der erst 27-jährige Kapitänleutnant Robert Hering den Befehl, die Taue und die breiten Seefallreeps auszubringen, damit die Menschen aus dem Wasser gezogen werden konnten. Bis auf wenige Ausguckposten stellte er selbst das Brückenpersonal dafür ab. Und auch die Vertriebenen, die zuvor in Danzig aufgenommen worden waren, beteiligten sich am Oberdeck an der Rettungsaktion.

Diesen mutigen Helfern verdankten Hunderte *Gustloff*-Gestrandete in dieser folgenschweren Nacht ihr Leben.

Darunter Gerda Jonescheit. Zu diesem Zeitpunkt ahnte sie nicht, dass sie aufgrund einer schweren Lungenentzündung in zwei Wochen sterben würde.

Unter Deck erwartete die Überlebenden medizinische Versorgung, warme Überwürfe, Tee und Schnaps sowie Suppe und Zuckerwürfelchen, um den Kreislauf wieder zu stimulieren. Mitunter sogar eine heiße Dusche oder ein Aufwärmen neben einem der großen Kessel.

Zu Herings Überraschung kamen, wie durch ein Wunder auch der Kapitän der *Gustloff* Friedrich Petersen und die beiden Fahrkapitäne Heinz Weller und Karl-Heinz Köhler an Bord. Ebenso Korvettenkapitän Wilhelm Zahn, der Kommandant der 2. ULD. Nachdem die *Gustloff* aufgegeben worden war, hatten sich die Offiziere selbst in die Rettungsboote begeben können.

Inzwischen war das *T 36* völlig überfüllt und die Mannschaft erschöpft. Denn es war Schwerarbeit, lediglich an Strickleitern und Tauen über den Wellen hängend oder beinahe akrobatisch auf den wild schwankenden untersten Sprossen der meterhohen Seefallreeps stehend, die vor Wasser triefenden und teilweise steifgefrorenen Menschen aus der Ostsee zu fischen.

Trotz dieser Strapazen erfüllten weiterhin nicht abklingend wollende Hilfeschreie die Nacht. Doch alle Schiffbrüchigen konnten nicht gerettet werden, obwohl das T-Boot für viele die letzte Hoffnung war, ihr Leben zu retten.

Nicht nur Robert Hering, sondern auch sein Erster Wachoffizier, der in diesen Minuten im Brückenraum stand, waren entsetzt über das Ausmaß der Katastrophe, die die Fulguren angerichtet hatten.

Doch damit war die Tragödie noch nicht beendet. Denn die Funker an den Unterwasserhorchgeräten des Torpedobootes fingen zwar unklare und gestörte Signale auf, die dennoch auf die Anwesenheit des feindlichen U-Bootes schließen ließen. Dessen ungefähre Position wurde lokalisiert. Gleich darauf entstand ein stummes Duell über und unter den Wellenkämmen. Denn sobald das *S-13* seine Lage änderte, drehte auch das *T 36* entsprechend bei, um dem Feind keine Breitseite zu bieten.

Die Nerven des Kapitänleutnants waren wie Drahtseile gespannt. Jeden Augenblick mussten sie damit rechnen, angegriffen zu werden. Nur durch geschicktes Manövrieren konnte er genau das verhindern. Aber wie lange konnte er dieses Katz-und-Maus-Spiel durchhalten, ohne, dass sein eigenes Boot Schaden nahm?

Letztlich gab es nur zwei Optionen: Fliehen oder angreifen. Hering entschied sich für die Erste, um das *T 36* mit all den Menschen zu schützen.

Jetzt hieß es, schnell zu handeln. Der Kapitän trat mit einem Megaphon auf die Brückennock hinaus und rief den sich in unmittelbarer Nähe im Wasser treibenden Schiffbrüchigen und jenen, die sich an Strickleitern oder Tauen der *T 36* klammerten zu: »Achtung, Achtung! Weg vom Schiff! U-Boot-Gefahr! Wir fahren los! Wir kommen wieder! Haltet aus! Wir retten euch!«[1]

Indes war das *S-13* unvermittelt an jener Stelle abgetaucht, an der die Gustloff untergegangen war. Aufgrund der Trümmer und Wrackteile war dort die Chance groß, die gegnerische Ortung weiterhin zu verwirren und zudem in eine aussichtsreiche Schussposition zu kommen.

Doch die Verantwortlichen auf dem *T 36* hatten das Täuschungsmanöver durchschaut. Der Befehlsübermittler vom Ortungsgerät meldete dem Schiffsführer die genaue Lokalisierung. Das Funkmessgerät bestätigte die Ortung.

Die Torpedierung steht wohl kurz bevor!, blitzte es im Bewusstsein des Kapitänleutnants auf.

Tatsächlich feuerte in diesem Moment das U-Boot auf das *T 36*.

»Zwei Torpedos auf Kollisionskurs«, schrie der Mann vor dem Ortungsgerät, während dicht unter der Wasserfläche die Geschosse auf das T-Boot zurasten.

Aber auch in dieser heiklen Situation erwies sich Hering als hervorragender Kapitän. Ohne eine Sekunde zu zögern, ließ er die Maschinen hart steuerbord zu drehen, so dass sich das Schiff blitzschnell drehte und dadurch der Torpedierung haarscharf entging. Damit rettete er seine Mannschaft und 564 Flüchtlinge vor dem Untergang. Mehr noch: Kurzerhand entschied er, seinerseits das *S-13* anzugreifen.

»Klar Wasserbomben!«, lautete der Befehl, in der Hoffnung, den Gegner zu vernichten. Aber auch wohlwissend, dass damit viele Leben der Schiffbrüchigen gefährdet wurden. Denn

---

[1] Zitiert nach: Heinz Schön: *Ostsee 45 – Menschen, Schiffe, Schicksale*, Stuttgart 1998, S. 212

gleich darauf trieben diese inmitten der um das U-Boot herumdetonierenden Unterwassersprengladungen. Ob dadurch das *S-13* getroffen wurde, konnte jedoch nicht festgestellt werden. Daraufhin beeilte sich das *T 36* mit Höchstgeschwindigkeit abzulaufen.

Zurück blieben unzählige noch immer in der See treibende Menschen. Und 9.300 Leichen, überwiegend Frauen und Kinder, die Opfer der Torpedierung durch das Fulguren-U-Boot geworden waren.

Etwa 1.200 Schiffbrüche wurden von dem wenig später an der Unglücksstelle eintreffenden Torpedoboot *Löwe*, dem Motorschiff *MS Gotland* und seinen Geleitbooten *M 341* und *M 387* aufgenommen. Obwohl diese allesamt selbst völlig überfüllt waren, führten sie die Rettungsaktion fort.

Dazu ließen die Schiffsführer Boote aussetzen, die weitere Lebende inmitten der Wrackteile und der Wellen ausmachten. Inzwischen trieben Gepäckstücke, Leichen, Trümmer und Öllachen über Kilometer verstreut auf der Ostsee, was die Suche nicht einfacher machte. Und irgendwann fanden auch die Suchscheinwerfer der ablaufenden Rettungsschiffe kein Leben mehr in diesem Trümmerfeld.

Hingegen hatte das von den Fulguren erbeutete U-Boot *S-13*, das für diese größte Schiffkatastrophe verantwortlich war, die Attacke durch die Wasserbomben durch das *T 36* unbeschadet überstanden. Nun verließ es die Nähe der pommerschen Küste, um in tieferes Gewässer abzutauchen, was eine gewisse Sicherheit verhieß.

Die Greys waren zufrieden mit ihrem Zerstörungswerk. Denn der Untergang der *Wilhelm Gustloff* reihte sich nahtlos in viele ähnliche Tragödien ein, die sie über die Menschen brachten. Und auch das *S-13* sollte wenig später südlich der Stolpe-Bank auf der Höhe von Stolpmünde das Lazarettschiff *Steuben* versenken, das sich ebenfalls aus der Danziger Bucht, genauer von Pillau nach Kiel befand. An Bord befanden sich ungefähr 2.800 Verwundete, 300 Angehörige des medizinischen Personals, 150 Mann Besatzung und rund 900 Vertriebene. Nur 660 von ihnen überlebten das Inferno.

Andere Beute-U-Boote der Fulguren versenkten weitere Schiffe in der Ostsee. Beispielsweise das Frachtschiff *Goya*, das ebenfalls mit Tausenden Flüchtlingen beladen war. 7.000 starben.

Trotz all dieser Massaker auf der Ostsee, insbesondere gegen Zivilisten, gelang es der Deutschen Kriegsmarine unter dem neuen Oberbefehl von Großadmiral Karl Dönitz, mit allen verfügbaren Einheiten und obgleich großer Verluste durch feindliche U-Boote, etwa zwei Millionen Menschen nach Westen zu evakuieren. Unter diesen Umständen war das eine einzigartige Leistung in der Kriegsgeschichte.

Vergessen werden durfte jedoch keineswegs, dass über 18 Millionen Deutsche[1] auf dem Landweg aus Ost- und Westpreußen und zudem aus Schlesien, Pommern und dem Sudetenland, Böhmen, Mähren, Siebenbürgen, Banat sowie der Wojwodina vor den Fulguren flüchten mussten. Über zwei Millionen Vertriebene starben dabei.

NEUNTES KAPITEL

Als die Heeresgruppe Berlin endlich Danzig erreichte, fand sie eine aufgegebene Stadt vor. Die Fulguren hatten sich dort zuvor von den Vororten bis zum Zentrum durchgekämpft. Allerdings hatten sie die eingenommene Hafenstadt nicht besetzt, sondern waren weitergezogen. Zweifellos ebenfalls mit dem Ziel Berlin.

Danzig und auch Gotenhafen waren einer großräumigen Zerstörung entgangen, an die der Feind offenbar kein Interesse gezeigt hatte. Vielmehr war es den Greys darum gegangen, die Bevölkerung auszulöschen und so viele Flüchtlinge wie möglich zu ermorden. Ausnahme stellten wieder einmal die Kinder dar, denen sie zu einem bislang noch unbekannten Zweck das Blut abzapften.

So jedenfalls beurteilten Generalfeldmarschall von Manstein und sein Stab das Lagebild. Die wenigen Überlebenden berichteten davon, dass die Mehrzahl der Vertriebenen mit Schiffen der Kriegsmarine über die Ostsee geflohen waren.

Inzwischen schwand die Hoffnung, dass das Fulguren-Heer noch rechtzeitig vor der Reichshauptstadt eingeholt werden konnte. Nicht nur bei Hitler, sondern auch beim OKW, mit dem Manstein in regelmäßigem Austausch stand. Zu schnell

---

[1] Eine Schätzung des Schweizerischen Roten Kreuzes

rückten die Kampfverbände der Außerirdischen vor. Jedenfalls viel schneller als die Marschgeschwindigkeit der HG Berlin, die bereits aufs Äußerste ausgereizt war.

Wie üblich sollte das Infanterieregiment 534 auch in Danzig und im angrenzenden Gotenhafen nach eventuell überlebenden Einwohnern und zurückgebliebenen Vertriebenen suchen, während Manstein weitermarschieren ließ.

Oberst Grauner teilte die entsprechenden Suchkompanien ein. Dieses Mal fanden sie kein getarntes Kinderlager und auch nicht ausschließlich Leichen vor, sondern einige Hunderte Flüchtlinge aus Ostpreußen. Für sie hatte es kein Entkommen über die Ostsee gegeben, weil die Rettungsschiffe überbelegt waren. Und jetzt kontrollierten feindliche U-Boote die Danziger Bucht, so dass eine Flucht über das Meer gänzlich ausgeschlossen war.

Unter den Aufgefundenen befanden sich auch Gregor und Marie Gergenhoff aus dem Landkreis Tilsit-Ragnit, die zuvor vom Rest ihrer Familie getrennt wurden. Allerdings konnten sie noch nicht wissen, dass die *Wilhelm Gustloff*, die sie selbst besteigen wollten, zwischenzeitlich versenkt worden war.

Als der Abend anbrach, gab Oberst Grauner Rastbefehl. Er wollte sein Regiment nicht in der Nacht weitermarschieren lassen. Vielmehr sollten sich die Landser und die Flüchtlinge in den Hallen am Hafen ein paar Stunden Nachtruhe gönnen. Zumindest bis zum Morgengrauen. Am nächsten Tag würden sie mit ihren Truppen-LKW die HG Berlin schnell einholen.

Steiner, Hedrich, Küssling und Schindler waren in jenem Gebäude als Wachen eingeteilt, in dem sich neben hunderten anderen ebenso die Gergenhoffs befanden.

Max war nicht entgangen, wie sein Freund Julius die attraktive Marie betrachtet hatte. Und auch sie schien so etwas wie einen Narren an dem bärenhaften jungen Mann gefressen zu haben. Denn immer wieder suchte sie mit verschiedenen Ausreden die Nähe zu ihm. Dabei wurde sie argwöhnisch von ihrem Vater Gregor beobachtet.

Insgeheim freute sich Steiner darüber. In dieser wahrlich Alptraumhafen Zeit war jedes positive und angenehme Gefühl mehr als Balsam für die malträtierten Seelen. Julius hatte das genauso verdient, wie sicher auch die junge Frau.

Schließlich wusste Max, von was er sprach. Seit der ersten Begegnung mit Anastasia fand er endlich wieder einen Sinn in dem aussichtslos erscheinenden Kampf gegen die Außerirdischen, selbst wenn einiges dagegensprach.

Steiner ertappte sich dabei, wie er heimlich zu der blonden Russin hinüberstarrte, die eingewickelt in eine dicke Decke schlafend neben ihrem Bruder Sergej lag. Daneben Sweta, Artjom und Lottie.

Der Oberst hatte es dankenswerterweise geduldet, dass sie weiterhin bei Steiners Zug bleiben durften.

»Herrgott noch mal, jetzt habe ich zwei Verliebte um mich herum!«, raunte Oskar Schindler ihm zu, als er bei seinem Patrouillengang in der Halle an ihm vorüberkam. Währenddessen schoben Werner Küssling und drei weitere Landser bis zu ihrer Ablösung vor dem Tor Nachtwache.

»Spar dir deine dummen Kommentare, Schindler!«, gab Steiner genervt zurück. Gerade so, als müsste er nicht nur sein eigenes Seelenheil, sondern auch das seines Freundes verteidigen.

Das Narbengesicht feixte breit und setzte die Streifwache fort.

Vielleicht hat der verfluchte Hund ja nicht mal Unrecht!

Steiner grinste nun selbst. Allerdings gefror ihm das auf den Lippen ein, als er von draußen ein Geräusch vernahm, das ihn geradezu elektrisierte.

Ein wohlbekanntes Pfeifen, das die Luft zerriss.

Abschüsse!

Ganz in der Nähe. Unmittelbar danach ließen Detonationen die Erde beben.

Hedrich und Schindler, die sich wie Steiner in der Nähe des Halleneingangs befanden, wirbelten herum. Sie hatten den Lärm ebenfalls vernommen. Und auch die Flüchtlinge und die übrigen Soldaten erwachten augenblicklich.

Das Gewehr im Anschlag rannte Steiner als erstes zum Tor hinüber und zog es langsam auf ...

Schlagartig gewitterte die eiskalte Nachtluft wie ein Trommelkonzert. Das Krachen der Abschüsse rollte als Echo hinterher. Kurz darauf folgte der dumpfe Hall der Einschläge, dem ewigen Gemurmel der Front gleich.

Die Feuerstrahlen der rumorenden Geschütze flammten vor dem Hafengelände auf. Dort schien sich ein bislang unentdecktes Waffennest der Fulguren zu befinden, die jetzt die nächtliche Attacke auf die Lagerhallen ausführten. Zuvor jedoch mussten sie die Vorposten ausgeschaltet haben, ansonsten hätten sie ihre Artillerie nicht so nahe heranschaffen können.

All das zuckte in diesem Moment durch Steiners Bewusstsein. Die vorherigen positiven Gedanken drängte er instinktiv und aus reinem Selbstschutz in die hintersten Winkel seines Gehirns zurück. Stattdessen verhärtete er sich innerlich, so wie ihn der Krieg in den Schlachten geschmiedet hatte, die er bislang ausgefochten hatte. Mitleidlos und roh gegenüber dem Feind – und rachsüchtig für das Leid, das diese verfluchten Bastarde aus dem Weltall den Menschen antaten. Denn die brutale Barbarei der Fulguren kannte keinen Vergleich.

In diesen Minuten glichen die Plätze zwischen den Hallen einem Ameisenhaufen. Überall rannten Soldaten und Zivilisten umher, auf deren Gesichtern greller Lichtschein flackerte. Auf den Wänden der Schuppen und Baracken hingegen tanzten skurrile Schatten ihren Zerstörungsreigen.

Immerhin bestand das Regiment 534 aus 75 Offizieren und 500 Unteroffizieren. Die 2.500 Mannschaften sammelten sich sogleich, um die Befehle ihrer Vorgesetzten entgegenzunehmen.

Ungefähr 300 Meter vor Steiner schlug ein Geschoss in eine der Hallen ein. Im donnernden Gebrüll der Explosion erstarben die Todesschreie der Landser und Zivilisten, die sich noch drinnen aufgehalten hatten, weil sie es nicht rechtzeitig ins Freie geschafft hatten. Dasselbe Schicksal drohte auch den anderen, zuvor schon überraschend bombardierten Lagerstätten.

Leutnant Wolff, der Steiners Zug anführte, befehligte seinerseits die Vertriebenen geordnet im Gänsemarsch aus dem ihnen ursprünglich zugeteilten Gebäude hinaus, rüber zu einem der Piers. Der aufgeschüttete Hafendamm fiel wasserseitig senkrecht ab und war dort mit stählernen Spundwänden befestigt. Davor ragte eine etwa eineinhalb Meter hohe Mauer empor, die wenigstens etwas Schutz bot, wenn auch einen ziemlich fragilen.

Mit vorgehaltenen Waffen sicherten Steiner und seine Kameraden die Zivilkolonne bis dorthin ab. Während Sweta ihren Sohn Artjom an der Hand mitführte, tat Anastasia dasselbe mit Lottie.

Derweil wurde das Dröhnen und Pfeifen der Granaten und Geschosse lauter. Eine Halle nach der anderen wurde in die Luft gesprengt. Metall-, Holz- und Glassplitter sirrten im Geschützrauch umher, durch den die feldgrauen Stahlhelme der Landser matt schimmerten.

Oberst Grauner, der in vorderster Reihe stand, ließ seine Kompanien sammeln, um sie gleich danach fächerartig und mit auf den Gewehren aufgepflanzten Bajonetten gegen die feindlichen Geschütze marschieren zu lassen. Das war die einzige Möglichkeit, den Blockaderiegel der Fulguren zu durchbrechen. Auch wenn diese Entscheidung immense Verluste bedeutete. Insgesamt stellte sich das Hafengelände, umgeben von gegnerischer Artillerie, die ohne Rücksicht auf Zivilisten und Wehrmachtsoldaten gleichermaßen feuerte, als Todesfalle heraus.

Dieses Mal blieben Steiner und seine Kameraden nicht bei den Vertriebenen hinter der Hafenmauer zurück, sondern schlossen sich einem der Angriffskeile an. Lediglich eine Hundertschaft sicherte die Frauen, Kinder und Alten.

Max nickte Anastasia mit verkniffenem Gesicht zu. Und auch Julius schenkte Marie einen vielsagenden Blick.

Dann ging es los. Direkt unter das Gitter der Granatbogen, bei dröhnender Erde, schwerem Feuern und Blitzgewittern.

Jede Deckung nutzend, die der Hafen bot, bewegten sich die beiden jeweils in 1.200 Mann aufgeteilten Schützenkolonnen im Geschwindschritt seitlich des Geländes und damit weg vom Zentrum des Beschusses, aus zwei Richtungen auf die feindlichen Stellungen zu.

Schnell war klar, dass es sich um mindestens vier Kaliber 76,2-mm-Feldkanonen Modell 00/02 mit einfachen kastenförmigen Lafetten, Kanonenschilden und Speichenrädern handelte, die die Fulguren von den Iwans erbeutet hatten. Ihre Mündungsgeschwindigkeit betrug 646 Meter in der Sekunde.

Die Artillerie war taktisch klug am Eingang des Hafengeländes positioniert. Deutlich waren die grauen Uniformen der an die zwei Meter großen Außerirdischen mit ihren deformierten hochgewachsenen Schädeln und den dünnen, langen Gliedmaßen im Zwielicht der sich auflösenden Nacht und des anbrechenden Morgens zu erkennen. Ihre Stärke entsprach ungefähr fünf Kompanien. Damit etwa 700 Angreifern. Natürlich wurde ihre Kampfkraft durch die Artillerie verstärkt.

Als die Greys die Schützenkolonnen bemerkten, die sich aus westlicher und östlicher Richtung auf sie zubewegten, änderten sie die Abschusswinkel der Geschütze. Jeweils zwei Feldkanonen feuerten nun mitten in die Reihen der Landser hinein.

Das bislang vorherrschende kollektive Dröhnen zerfiel nun in Gruppeneinschläge. Die geschundene Luft war erfüllt von einem Zischen, Pfeifen und ohrenbetäubendem Krachen. Überall spritzte Eis und Dreck hoch, wenn die Geschosse tiefe Krater durch die glatte Schneefläche und dann in Mutter Erde rissen.

Für einen Augenblick glaubte Steiner, es über den Waffennestern rötlich schimmern zu sehen, ähnlich wie blutiger Nebel, durch den die Kaliber geradewegs hindurchfegten. Doch das war sicher nur eine Illusion oder den wie Drahtseilen gespannten Nerven geschuldet.

Einzelne Züge bekamen Volltreffer ab, wurden von dem Geschossregen regelrecht zerstampft.

Ein Blutbad sondergleichen! Einen anderen Ausdruck gab es dafür nicht.

Die Welt schien nur noch aus Geschützdonner und den schmerzerfüllten Schreien der Schwerstverwundeten zu bestehen, deren abgetrennte oder zerfetzte Gliedmaßen wie Potpourri durch die Gegend flogen. Bei manchen wurden die Bäuche aufgerissen, so dass ihre warmen Eingeweide wie glitschige Kartoffelsäcke auf den Boden plumpsten. Wiederum anderen platzten die Köpfe wie zu weit aufgeblasene Luftballons oder wurden ihnen einfach von den Schultern gerissen. Blutigen Fußbällen gleich rollten sie über das Schlachtfeld, bis sie gegen tote Leiber stießen, aus deren aufgebrochenen, geistlosen Fleisch die Knochen herausragten.

Dort, zwischen Himmel und Erde, auf der begrenzten Fläche des Hafengeländes, fielen in Minuten mehr Landser, als bei einer großen Schlacht.

Manch einer verfluchte Oberst Grauner, der sein Regiment mitten hinein in das erbarmungslose Fulgurenfeuer schickte, ihnen die Männer geradezu zum Fraß vorwarf. Und doch verstanden sie in ihrem tiefsten Inneren, dass es keinen anderen Ausweg gab.

Trotz oder wegen der hohen Verluste gelang es den Deutschen, sich schließlich bis zu den feindlichen Kanonen vorzuarbeiten. Längst hatten sie in dem um sie herum tobenden Inferno ihre Formationen aufgelöst, stürmten mit angelegten Gewehren nach vorn. Nun spielte es keine Rolle mehr, ob sie sich auf offenem Feld bewegten, denn annähernd sämtliche Deckungsmöglichkeiten waren bereits von der gegnerischen Artillerie in Schutt und Asche gelegt worden.

Etwa 2.000 Landser erreichten aus zwei Richtungen die Geschützstellungen. Ungefähr 400 lagen zerfetzt oder schwer verwundet hinter ihnen. Deren entsetzliches Klagen, Stöhnen und Jammern schien allgegenwärtig und erinnerte jeden der voranstürmenden Soldaten an die Vergänglichkeit des Lebens und die Anfälligkeit des menschlichen Körpers.

Auch Steiner und seine Kampfgefährten befanden sich in der ersten Angriffsreihe.

Plötzlich schlug etwas mit ungeheurer Wucht gegen seinen Stahlhelm.

Ein Metallsplitter.

Ich bin getroffen!, schrie eine innere Stimme in ihm. Und gleich darauf sarkastisch: *Bitte wegtreten, um abkratzen zu dürfen, Herr Oberst!*

Max wurde regelrecht von den Beinen gefegt, landete neben einem Kameraden mit aufklaffendem Hinterkopf, in dem die graue Masse seines Gehirns schimmerte.

Für Sekunden wurde Steiner pechschwarz vor Augen. Seine Ohren klingelten, als würde der Sensenmann bereits sein Sterben einläuten. Das Blut pumpte ihm so rasend durch die Adern, dass er vermeinte, sie würden zerplatzen. Genauso wie sein wildschlagendes Herz.

Doch schnell lichtete sich der schwarze Nebel und sein Verstand sagte ihm, dass ihn der Stahlhelm vor einer schweren Kopfverletzung bewahrt hatte, weil der Splitter nicht durchgedrungen war.

Schwerfällig stemmte sich Steiner auf die Füße, wankte für ein, zwei Sekunden, fing sich aber sogleich wieder. Dann wischte er sich den Dreck aus den Augen, bückte sich, nahm das beim Sturz verlorene Gewehr auf, schenkte dem toten Kopfverletzten noch einen letzten Blick und stürmte hinter Hedrich, Küssling und Schindler her.

Direkt hinein in die Angriffsformation der Fulguren.

Inmitten der losgebrochenen Hölle kauerten die Vertriebenen im relativen Schutz der Hafenmauer zusammen. Eng aneinandergedrängt harrten sie der Dinge, die da kommen mochten. Keiner von ihnen wollte sich ausmalen, was mit ihnen geschah, wenn die Fulguren den Kampf gewinnen würden.

Die rund 100 Soldaten, die zurückgeblieben waren, ließen sie nicht aus den Augen. So lautete der Befehl ihres Vorgesetzten. Die Flüchtlinge sollten möglichst unversehrt der Heeresgruppe Berlin zugeführt werden. Generalfeldmarschall von Manstein wollte unbedingt der Forderung Hitlers entsprechen, deutsche Vertriebene zurückzubringen. Auch wenn die Zahl derer bislang weit unter den Erwartungen lag.

Anastasia hielt die kleine Lottie fest im Arm. Genauso wie neben ihr Sweta ihren Sohn Artjom. Selbst der im Ersten Weltkrieg so erfahrene Gregor Gergenhoff kam nicht umhin, seiner Tochter beschützend eine Hand auf die Schulter zu legen. Im Gegensatz zu den meisten anderen wagte er immer wieder einen kurzen Blick über die Mauer hinweg, dorthin, wo die Geschützstellungen der Fulguren lagen, gegen die die eigenen Männer anstürmten. Dabei sah er unzählige von ihnen fallen.

Niemand erkannte die Gefahr, die sich im Rücken der an den Molen versammelten Soldaten und Zivilisten näherte. Und zwar von der Seeseite aus!

Im Hafenbecken befanden sich rund 200 Greys, etwa drei Meter unter der Wasseroberfläche, so dass sie von Land aus nicht sofort entdeckt werden konnten.

Den Außerirdischen war es möglich, lange Zeit zu tauchen, weil sie ein ganz anderes Atemsystem wie Menschen besaßen.

So also näherten sich die Feinde, ihre Energiewaffen geschultert, dem Pier, an dem sich die Deutschen aufhielten.

Minuten später erklommen sie spinnengleich und absolut lautlos den Hafendamm, was für einen zufälligen Beobachter mehr als grotesk anmutete.

Gleich darauf tauchten die Greys hinter den Menschen auf. Selbst von den verbliebenen Soldaten unbemerkt, die vielmehr gebannt auf das Gefecht starrten, das unweit von ihnen auf dem Hafengelände stattfand.

Anastasia betete in Gedanken dafür, dass Max und seine Kameraden nicht zu Schaden kamen. Ausgenommen Oskar Schindler, der versucht hatte, sie bei ihrer gemeinsamen Flucht in einem Waldlager inmitten anderer Flüchtlinge und im Beisein ihres schlafenden Sohnes zu vergewaltigen. Wenn Max nicht rechtzeitig gekommen wäre.

Es war Lottie, die plötzlich einen grellen Schrei ausstieß. Sofort wandten sich alle in ihre Richtung. Was sie sahen, jagte ihnen einen eisigen Schauder über den Rücken.

Über die Hafenmauer kletterten Fulguren! Soweit das Auge reichte. Ihre grauen Uniformen trieften vor Wasser, was ihre Bewegungsagilität allerdings keineswegs einschränkte. Ganz im Gegenteil bewegten sie sich genauso schnell wie eh und je.

Anastasias Herz schien für einen Schlag auszusetzen. Instinktiv versteckte sie das deutsche Mädchen hinter sich. Auch Artjom fing zu brüllen an, wohl erinnert an das, was er in den Kinderlagern in der Nähe von Nowy Rogatschik und in Königsberg, in denen er mit anderen gefangen gehalten worden war, erlebt hatte.

Die Sicherungsposten feuerten los, mähten die erste Reihe der Außerirdischen nieder. Von Kugeln durchsiebt wurden ihre feingliedrigen Körper die Hafenmauer wieder hinuntergestoßen. Allerdings kamen sofort andere nach. Ihre faustkeilartigen Waffen lösten nach Druck auf die Schuss-Module orangegleißende Energiebahnen aus. Für Sekunden irrlichterte eine sonnengleiche Kaskade von tödlichen Strahlen über die Wehrmachtssoldaten, ließen ihre Leiber auf der Stelle verbrennen und verdampfen. Nur schwarze, stinkende Schlacke zeugte noch von ihnen.

Das war ein dermaßen grauenhafter Anblick, dass manch einer der Vertriebenen, der bislang noch nicht mit den Außerirdischen und ihrer Brutalität konfrontiert worden war, in diesen Sekunden den Verstand verlor. Anderen blieben die Schreckensschreie in den Kehlen stecken und Kinder nässten ein.

Selbst Anastasia und Sweta befanden sich in Schockstarre, unfähig, irgendetwas zu tun.

Die übriggebliebenen Greys bewegten sich hastig auf die an der Mauer kauernden Zivilisten zu. An den Alten und den Frauen zeigten sie jedoch keinerlei Interesse. Umso mehr an den Kindern!

Als sich eine dürre, graue Hand Lottie näherte, deren blonde Zöpfe von ihrem totenblassen Gesicht abstanden, fiel die Regungslosigkeit von Anastasia ab.

Mit dem gutturalen Laut einer Löwenmutter, der man ihr Junges wegnehmen wollte, schraubte sie sich in die Höhe und versetzte dem Außerirdischen einen Tritt gegen eines seiner dünnen Beine. Aus Wut, Angst und Verzweiflung mit einer solchen Wucht, dass der Grey zuerst einknickte und dann sprichwörtlich nach hinten katapultiert wurde.

Die Russin riss das Mädchen an sich, wollte über die schlackeartigen Überreste eines Landsers hinweg Richtung Schlachtfeld rennen. Denn das war die einzige Möglichkeit, um sich den kinderraubenden Monstren aus dem All zu entziehen. Doch zwei Greys stellten sich ihr in den Weg, die Energiewaffen im Anschlag. Erneut machte einer von ihnen Anstalten, ihr Lottie aus den Armen zu reißen.

Die Schussdetonation zerschmolz mit einem entsetzlichen Geräusch, einer Mischung aus Knirschen und Ploppen, als eine Gewehrkugel den Schädel des Außerirdischen in einer Blutfontäne explodieren ließ.

Kurz zuvor hatte Gregor Gergenhoff seinen Mauser-Karabiner hochgerissen, um den Bastard zu erledigen. Und auch seine Tochter Marie hielt nun die Pistole Luger 08 ihres Vaters in der Faust und ballerte den anderen Grey von den Beinen, der Lottie behelligen wollte.

Nur ein Pyrrhussieg. Denn in diesem Moment wurden die übrigen Fulguren auf die Auseinandersetzung aufmerksam ...

Nachdem die Deutschen die Artilleriestellungen der Feinde überrannt hatten, entwickelte sich das Gefecht zu einem Nahkampf. Sprichwörtlich Menschen gegen Außerirdische. So paradox sich dies vor wenigen Tagen noch angehört hätte. Denn zu jener Zeit glaubte wohl niemand ernsthaft daran, dass feindlich gesinnte Aliens eine Invasion auf der Erde durchführen würden. Und doch war es so.

Die Deutschen wussten, dass die Greys im Nahkampf auch ihre rasiermesserscharfen Vampirgebisse einsetzten. Also versuchten sie, ihren Zähnen fern zu bleiben.

Das blutige Gemetzel auf beiden Seiten war entsetzlich. Dabei stießen die Feinde grässliche Schreie aus ihren bleistiftdünnen und lippenlosen Mündern aus, die den Menschen beinahe die Trommelfelle platzen ließen. Deshalb behalfen sie sich damit, Tuchfetzen in ihre Ohren zu stopfen.

Steiner erkannte, dass auch Leutnant Wolff und selbst Oberst Grauner wie die Löwen kämpften. Und Schindler, den er bislang nicht unbedingt als einen mutigen Mann eingeschätzt hatte, stand ihnen in nichts nach. Trotz der charakterlichen Defizite, die das Narbengesicht ganz sicher aufwies, stieg er in diesen Momenten in Max Achtung. Allerdings nur, was sein Kampfverhalten anbelangte. Aber auch Julius und Werner Küssling fochten wie die Teufel.

Schweiß brannte in Steiners Augen, als er einem Fulguren, der sein Maul weit aufriss und ihm seine nadelspitzen Vampirzähne präsentierte, das Bajonett in die Brust rammte und sofort wieder herauszog. Er wartete erst gar nicht ab, bis der Feind tot am Boden lag, sondern nahm sich gleich den Nächsten vor. Keiner von ihnen konnte auf Gnade hoffen. Ganz im Gegenteil!

Steiner spießte eine andere Missgeburt mit dem Seitengewehr auf und drückte gleichzeitig den Abzug durch, so dass dieser in einer Wolke aus Blut und Gewebe verging.

Mit einem Satz sprang er über Gefallene und Schlackehaufen hinweg. Ein Fulgure wirbelte zu ihm herum, seine Energiewaffe im Anschlag. Kurzerhand schlug ihm Steiner mit dem Gewehrkolben den Schädel ein. Vollgespritzt mit dem grau-blauen Grey-Blut, das wie Blei aussah, hetzte er weiter.

Schon stellte sich ihm der nächste Gegner.

Steiner stieß einen wilden Kampfschrei aus, der ganz sicher nichts mit Frustration zu tun hatte, sondern mit dem unbändigen Hass auf die außerirdischen Invasoren. Bevor der Grey seine Energiewaffe betätigen konnte, trieb ihm der Deutsche die Bajonettklinge in die Kehle und drehte sie solange, bis alles Leben aus dem Feind gewichen war.

Andere Kameraden rannten an Steiner vorbei. Von einem Blutrausch erfasst, schießend, stechend, tötend. Dabei vergaßen sie mitunter ihre Menschlichkeit, mutierten geradezu zu Killermaschinen, ohne jegliche Gefühle. Dafür mit verdammt viel Hass in der Seele. Aber nur so konnten diese Monstren bekämpft und besiegt werden.

Nach und nach wurden die Greys an den Geschützen niedergekämpft. Und letztlich zogen sie sich ungeordnet hinter das Hafengelände zurück.

Oberst Grauner gab den Befehl, sämtliche Bastarde in die Hölle zu schicken, so dass sie für sein Regiment, das schon arg gerupft worden war, keine Gefahr mehr darstellten.

Die Landser formierten sich und feuerten in geordneten Reihen auf die Außerirdischen. In der Luft, die kurz zuvor unter dem Geschützfeuer erzittert war, trieb dicker, qualmender Rauch. Schmauch als Rückstände des Mündungsfeuers der Gewehre.

Kein Fulgure blieb mehr am Leben. Der »Schinderhannes« und eine Handvoll seiner Männer marschierten durch die Reihen ihrer Leichen und erschossen oder erstachen die Verwundeten. Ohne Gnade.

Das Hafengelände von Gotenhafen glich einem Trümmer- und Totenfeld, übersät von verstreut herumliegenden zerfetzten, zerrissenen, zerhackten, zerstochenen, zerstückelten Menschen- und Fulgurenleibern. Am schlimmsten aber waren die schwarzen, stinkenden Schlackehaufen, die jeweils von sterblichen Überresten eines Kameraden zeugten.

Auf diesem kleinen Fleck Erde schien der Teufel persönlich die Karten der Raserei und der Barbarei, des Sterbens und des Todes gemischt und ausgegeben zu haben.

Gerade, als die Männer wieder halbwegs zur Besinnung kamen, klangen vom Pier laute Schreie auf.

Der Kampf war noch nicht vorbei!

Aufgrund dessen, das einige Vertriebene Widerstand dagegen leisteten, dass ihre Kinder entführt wurden, feuerten die Außerirdischen mitten in sie hinein.

Unter den orangegleißenden Energiestrahlen vergingen Frauen und Alte.

Nach nicht einmal einer Minute säumte ihr Leichenbrei die Hafenmauer. Schreiend und weinend drängten sich die noch Überlebenden aneinander. Darunter auch Anastasia und Sweta, die die Lottie und Artjom nach wie vor fest umklammert hielten.

Gregor und Marie Gergenhoff hatten ihre Waffen bis zur letzten Kugel leergeschossen. Jetzt starrten sie selbst in die Mündungen der seltsamen Energiewaffen, bereit, jede Sekunde den Tod zu empfangen.

Doch es dazu sollte es nicht kommen!

Im selben Moment krachte vom anderen Ende des Piers massives Gewehrfeuer auf.

Die Kugeln, die wie ein Moskitoschwarm über die Hafenmauer surrten, unter der die Vertriebenen hockten, fegten die Außerirdischen regelrecht von der Bildfläche. Die meisten stürzten rücklings in das Hafenbecken hinab, andere brachen an Ort und Stelle zusammen.

Endlich war der blutige Spuk in Gotenhafen beendet. Wenn auch mit großen Verlusten.

Von den etwa 3.000 Mann des Regiments 534 war nur noch die Hälfte am Leben. Darunter Oberst Grauner, Leutnant Wolff sowie Steiner und seine Kameraden. Wie durch ein Wunder hatte keiner von ihnen eine ernsthafte Verletzung davongetragen. Abgesehen von ungefährlichen Kratzern, Schürfungen oder Beulen. Ob pures Glück oder unverhoffte Fügung des Himmels, wer wusste das schon zu sagen? Von den 700 Vertriebenen, die sich an der Hafenmauer aufgehalten hatten, lebten noch 400.

Steiner war es vollkommen gleich, wie es in den Augen der anderen aussah, als sich ihm Anastasia freudestrahlend an den Hals warf. Und auch Marie legte Julius eine Hand auf die Schulter und strahlte ihn erleichtert an. Während einige Kameraden lauthals johlten, wandte sich Schindler ab und spuckte in den Schnee.

Oberst Grauner ließ die Reste der 534. sammeln und die Verwundeten versorgen. Danach wurden die eigenen Gefallenen erfasst. Bei gebotener Gelegenheit sollten die Angehörigen über ihren Verlust benachrichtigt werden. Eine, normalerweise angebrachte Beerdigung kam nicht infrage. Jederzeit musste damit gerechnet werden, dass weitere Fulgureneinheiten dazu stießen. Zudem durfte der Anschluss des Regiments an Mansteins Heeresgruppe nicht weiter verzögert werden.

Denn, nach wie vor lag das Hauptaugenmerk darauf, die Reichshauptstadt vor den Invasoren aus dem Weltall zu verteidigen.

Deshalb gab es nur eine Devise: »Berlin, halte durch! Wir kommen!«

ENDE BAND 2

Verpassen Sie keine Neuerscheinung!

Tragen Sie sich in den Newsletter von *EK-2 Militär* ein, um über aktuelle Angebote und Neuerscheinungen informiert zu werden und an exklusiven Leser-Aktionen teilzunehmen.

Als besonderes Dankeschön erhalten Sie **kostenlos** das E-Book »Die Weltenkrieg Saga« von Tom Zola. Enthalten sind alle drei Teile der Trilogie.

Klappentext: Der deutsche UN-Soldat Rick Marten kämpft in dieser rasant geschriebenen Fortsetzung zu H.G. Wells »Krieg der Welten« an vorderster Front gegen die Marsianer, als diese rund 120 Jahre nach ihrer gescheiterten Invasion erneut nach der Erde greifen.
Deutsche Panzertechnik trifft marsianischen Zorn in diesem fulminanten Action-Spektakel!

Band 1 der Trilogie wurde im Jahr 2017 von André Skora aus mehr als 200 Titeln für die Midlist des Skoutz Awards im Bereich Science-Fiction ausgewählt und schließlich von den Lesern unter die letzten 3 Bücher auf die Shortlist gewählt.

»Die Miliz-Szenen lassen einen den Wüstensand zwischen den Zähnen und die Sonne auf der Stirn spüren, wobei der Waffengeruch nicht zu kurz kommt.«

André Skora über Band 1 der Weltenkrieg Saga.

Link zum Newsletter:
https://ek2-publishing.aweb.page

Über unsere Homepage:
www.ek2-publishing.com
Klick auf Newsletter rechts oben

Via Google-Suche: EK-2 Verlag

Jetzt den nächsten Alternativwelt-Kracher lesen ...

Was wäre, wenn die fähigsten deutschen Offiziere
den Krieg nach Ihren Vorstellungen geführt hätten?

Entdecken Sie EK-2 Militär!

Verpassen Sie keinesfalls unsere aktuellen Bestseller und beliebten Klassiker.

Raubkatzen der Meere
Von Erwin Welker

James Walker und seine Crew versuchen nach dem Krieg den dunklen Klauen der Piraterie zu entfliehen.

Vom Omaha Beach bis Sibirien
Von Kurt K. Keller

Ehemaliger Soldat Kurt K. Keller berichtet biografisch von seinem bewegenden Leben an der Front und seinen Erlebnissen vom D-Day.

Ihre Zufriedenheit ist unser Ziel!

Liebe Leser, liebe Leserinnen,

hat Ihnen unser Buch gefallen? Haben Sie Anmerkungen für uns? Kritik? Bitte zögern Sie nicht, uns zu schreiben. Wir werden jede Nachricht persönlich lesen und beantworten.

Schreiben Sie uns: info@ek2-publishing.com

Wussten Sie schon, dass Sie uns dabei unterstützen können, deutsche Militärliteratur sichtbarer zu machen? Bitte nehmen Sie sich einen Moment Zeit und bewerten Sie dieses Buch online. Viele positive Rezensionen führen dazu, dass das Buch mehr Menschen angezeigt wird.

Sie können somit mit wenigen Minuten Zeitaufwand unserem kleinen Familienunternehmen einen großen Gefallen tun. Vielen Dank für Ihre Unterstützung!

Impressum

Eine Veröffentlichung der EK2-Publishing GmbH
Friedensstraße 12, 47228 Duisburg
Handelsregisternummer: HRB 30321
Geschäftsführerin: Monika Münstermann

E-Mail: info@ek2-publishing.com
Website: www.ek2-publishing.com

Alle Rechte vorbehalten

Cover/Umschlag: Coverdesign Jörg Piesker
Lektorat: Heiko Piller
Buchsatz: Eduard Krisan

1. Auflage, Februar 2024

Druckhinweis:

Libri Plureos GmbH

Friedensallee 273

22763 Hamburg